한국해양대학교박물관
海洋文化政策硏究센터
해양학술연구총서 ③

통상을 생각하며
해운을 말한다

하영석 지음

문현
MUN HYUN

통상을 생각하며 해운을 말한다

하영석 지음

차례

제2부 항만, 공항, 물류

제3부 교양: 글로벌 문화의 잔상

책머리에

'물에서 길을 찾아 성장한다'는 나의 이름과 같이 바다와의 인연이 나의 삶이 되었다. 비릿한 바다 내음이 인생의 쓴맛과 단맛을 중화시키듯이 바다가 나의 거칠고 다혈질인 성격을 부드러운 점액질의 해양인으로 만들어 갔다.

에메랄드 빛이 환하게 비치는 밤바다를 항해하며 자연의 아름다움과 신비로움을 느꼈다. 20만 톤의 대형선박이 바람에 휘날리는 낙엽같이 느껴지는, 폭풍 속 거친 파도 너울에 전율하며 자연의 두려움과 위대함을 체험하였다.

많은 꿈을 가지고 선택한 해양인의 길이었지만 결코 녹록치 않았던 해상생활은 나에게 많은 도전을 주었고, 그동안 만났던 많은 선·후배 그리고 친구들의 조언과 가족들의 지원 덕분에 새로운 인생항로를 개척할 수 있는 기회를 얻었다. 항해사로 시작하여 제자들의 길을 열어주는 항해사인 교수로 인생항로를 바꾸었지만 바다와 해양은 나의 삶에 체화되어 교육과 연구, 교류 그리고 활동의 중심이 되었다.

내륙도시이자 도시 색깔이 강한 대구·경북지역에서 바다와 해양을 이야기하는 것이 생뚱 맞는 일로 생각될 수 있다. 그러나 제가 대학에 부임한 때는 대구가 내륙도시의 한계를 벗어나기 위해 노력하던 시기였다. 세계화의 물결에 편승해야 하는 물실호기로 해양과 연계된 물류의 중요성을 소개하고 전달하는 것이 상대적으로 용이하였다. 특히 선견지명이 있는 인사들이 대구상공회의소를 중심으로 물류연구회 등을 조직하여 세계화 시대에 부응하는 기업의 물류 활동에 대해 지대한 관심과 지원을 아끼지 않았다.

1990년대 후반에 영남권 복합물류터미널의 조성 논의가 본격화되면서 해양과 물류의 중요성이 각인되었고, "전국항만기본계획"에 따라 경상북도 포항시 영일만에 컨테이너항만이 개발되면서 해양과 물류에 대한 관심이 증폭되었다. 영일만 컨테이너항만(현 포항국제컨테이너터미널)의 건설은 POSCO의 철광석과 석탄 수입을 지원하기 위한 조성된 공업항 성격의 포항항과 다른 의미를 가지고 있다. 지역내외에서 발생하는 수출입 컨테이너 화물에 대해 지역 항만 내에서 부가가치 물류활동을 전개할 수 있으며, 통관·보관·운송이 가능한 명실공히 국제해상물류 통로가 확보되는 것이다.

이 책은 선박운항실무 경험을 가진 국제통상 전공자가 해운시장 그 자체뿐만 아니라, 통상의 시각에서 본 해운과 운송, 물류에 대한 생각을 주제별로 정리하였다. 강의와 연구를 하면서 틈틈이 원고요청이 있는 때에 기고한 글들을 모아서 정리한 것이기 때문에 쓰인 글들 간에 시차가 존재하고, 일관성 있는 주제를 다룬 것 아니라 내용상 다소 모순이 있을 수 있다. 교육과 연구, 산업 현장에서 생생하게 체험하고 느낀 생각의 차이를 자양분으로 쓴 글이라 다소 거칠지만 글에 담긴 열정을 봐 주기를 바란다. 다행스러운 것은 주제를 구분해 보니 크게 통상, 해운, 항만, 물류 등의 주제로 구분해 볼 수 있어 그나마 안도의 한숨을 쉰다.

이 책의 글은 크게 3개의 범주로 구성되어 있다. 하나는 해운과 통상이고, 두 번째는 이것을 지원하는 기반시설인 항만과 공항, 물류통로에 대한 것이다. 세 번째로 교육자로서 일상에서 느낀 것들을 정리한 산문으로 구분하였다. 오랜 기간 동안 신문, 잡지, 기관지 등으로 부터 청탁받은 원고를 정리한 것이기 때문에 사고의 일관성에 부족한 부분도 있고 미흡한 부분도 보이지만 지난 생각들을 정리한다는 의미에서 가감없이 정리하였다.

이 책이 나오기까지 도와준 분들에게 감사의 마음을 표한다. 지속적으로 원고를 쓸 수 있도록 지면을 할애하고 독려해 주신 해사문제연구소의 박현규 이사장님, 강영민 전무님을 비롯한 직원선생님들께 감사드린다. 적극적으로 원고 정리를 도와주고 편집에 대한 조언과 지원을 아끼지 않았던 사랑하는 후배이자 동료연구자인 한국해양대학교 김성준 교수와 성결대학교 한종길 교수에게 심심한 감사의 마음을 전한다. 또한 나의 인생 벗들인 치현, 병관, 종호와 해운실무적 문제에 대해 늘 흔쾌히 조언해준 홍아해운 이환구 대표이사와 고려종합국제운송(주)의 권오인 대표이사에게 깊이 감사드린다.

이 책의 출판을 도와준 문현출판 한선규 사장님과 책표지 디자인을 맡아준 노은경씨에게 매우 고맙고 흡족하다는 말을 드린다. 끝으로 이책의 출간을 지원해준 한국해양학교 해양문화정책연구센터에 감사드린다.

2023년 가을

비슬산 자락에서

하영석

제1부
해운과 통상

1
해운과 무역은 바늘과 실

2013년 12월 5일 '무역의 날'은 2011년 이후 3년 연속 무역규모 1조 달러를 달성한 '트리플 크라운의 해'로 침체된 경제 분위기에 활력을 불어넣는 축제의 장이었다. 사상 최대의 수출액과 무역흑자 규모를 달성하였다. 이는 수출기업들의 기술개발에 대한 투자와 글로벌 시장 개척에 각고의 노력을 투입한 결과로 축약할 수 있다.

이와 더불어 한국 무역 발전의 견인차이자 무역과 바늘과 실의 관계에 있는 해운산업의 기반이 있었기 때문에 가능했으리라 생각된다. 우리 해운기업의 효율적인 수출입 물류지원이 없었다면 한국의 무역 1조 달러 달성[1]이 이처럼 순조로웠을까?

---

[1] 2022년 말 기준 한국의 수출입 규모는 1조 4,149.5억 달러로, 수출이 6,835.8억 달러, 수입이 7,313.7억 달러임.

선주협회의 해사통계 자료에 따르면 2012년 말 기준으로 한국의 해운산업은 세계 5위로, 전 세계 선박량의 3.9%인 5,991.3만 DWT(deadweight, 재화중량톤수)를 보유[2]하고 있다. 한국의 컨테이너 물동량은 2,255만TEU(1TEU는 길이 20foot, 약 6m 컨테이너 1개)로 이 가운데 부산항이 전체 컨테이너 물동량의 75.6%인 1,704.1만 TEU를 처리해 세계 5위의 컨테이너 항만으로 자리매김하고 있다.

1963년 48척의 선박으로 출발한 한국 해운산업은 2012년 선박 1,034척을 보유한 세계 5위의 해운대국으로 성장했다. 이는 수출주도형 산업국가에서 해운이 없다면 수출물류통로의 안정성을 잃을 수 있다는 측면과, 3면이 바다인 국가에서 해운이 원자재를 수송할 수 있는 유일한 수단이었기 때문이다.

2008년 미국 발 글로벌 금융위기 이후, 한국의 해운산업은 기업과 정부의 발 빠른 대응에도 불구하고 글로벌 경기침체가 장기화되면서 존망의 기로에 서있다. 글로벌 해운기업인 한진해운과 현대상선은 지난 3·4분기까지 누적적자가 각각 약 4,062억원과 3,456억원으로 사상 최악의 적자폭을 기록하고 있다. STX 팬오션은 법정관리 상태에 있고 대한해운은 법정관리 후 매각됐다.

세계 1위인 컨테이너 정기선사인 Maersk사[3], 3위인 CMA CGM사,

---

2 UNCTAD에서 발간하는 'Review of Maritime Transport 2022'의 따르면, 2022년 1월 기준 한국은 1,680척, 9,230.2만 Deadweight의 선박을 보유하고 있으며, 전 세계 선박량의 4.23% 점유한 세계 6위의 해운국임.

5위의 COSCO, 6위인 Hapag-Lloyd사 등도 정부의 지원을 받아 글로벌 해운 위기를 극복하고 있다. 일본은 국책은행을 통해 선박건조 자금을 전적으로 지원하고 있으며 해운전문은행을 통해 운영자금을 지원하고 있다. 이들 국가들은 컨테이너 정기선사를 공적인 성격의 운송기업으로 인식하고 있다. 또한 선진 해운 국가의 국력을 가늠할 수 있는 척도가 된다는 판단 때문에 해운기업 지원에 적극 나서고 있다.

지금까지 한국 해운기업들은 뼈를 깎는 자구노력과 민간은행, 캠코, 수출입은행 및 정부의 적극적인 지원과 협력으로 유동성 위기와 선박의 해외 헐값 처분을 막아왔다. 그러나 아쉬운 부분은 위기를 기회로 활용하기 위한 자금과 전략이 부족하다는 것이다. 더욱이 선박의 대형화, 그린 십 등 미래의 해운시장 변화에 대응할 수 있는 전략적인 선투자는 엄두도 내지 못하고 눈앞에 닥친 위기를 넘기는 데 급급한 실정이다. 컨테이너 원양항로의 경우 세계 1위, 2위, 3위의 선사가 제휴해 P3 네트워크를 출범시킴으로써 해운시장의 지배력을 강화하고 있는 만큼(2014년 6월 중국 상무부의 기업결합 승인 반대로 1위 머스크사와 2위 MSC만이 참여하는 2M으로 출범) 여기

---

3 2023년 6월 기준 Alphaliner의 글로벌 컨테이너선사 순위에 따르면, 1위는 MSC(5,029,766TEU), 2위는 Maersk(4,127,158TEU), 3위는 CMACGM (3,477,122TEU), 4위는 COSCO(2,941,274), 5위는 Hapag-Lloyd (1,809,645TEU)이며, 한국의 HMM은 8위로 809,867TEU를 보유하고 있음

에 대응할 수 있는 선제적인 전략이 요구된다.

수출주도형 산업국가에서 커멘딩하이츠의 역할을 하고 있는 해운기업 가운데 생존이 가능한 기업들이 어려운 시기를 잘 극복할 수 있도록 추가적인 금융지원과 시장 변화에 대응한 선투자가 이루어질 수 있도록 정책적 금융지원이 요구된다. 소 잃고 외양간도 부수는 결과가 발생하지 않도록 단기적으로 P-CBO 발행기준의 완화, 영구채 발행 허용 등을 지원할 수 있는 방안이 마련돼야 한다. 또한 해운산업의 구조적 문제점을 해결할 수 있도록 해운보증기금의 설립[4]이 조속히 추진돼야 한다.

파이낸셜뉴스, 2013. 12. 26

---

4 2014년 해운보증 기금이 설립되었으며, 2018년 해운재건을 위해 출범한 한국해양진흥공사에 흡수됨

2
해양 한국을 꿈꾸며

해양력의 중요성

역사적으로 많은 국가들이 바다의 패권을 차지하기 위해 수많은 희생을 치렀다. 최근 중국정부는 "국가적 목표를 성취하는 핵심중의 하나는 해양력을 갖추는 것이다"라고 하여 해양력(Sea Power 또는 Maritime Power)의 중요성을 강조하였다. 지구의 3/4이 바다이며, 전 세계 물동량의 90%가 바다를 통해 운송되고 있는 현상에서 해양의 중요성은 아무리 강조해도 지나치지 않다. 16세기 영국의 군인이며 탐험가이자 시인인 월터 롤리 경(Sir Walter Raleigh, 1524~1618)은 "바다를 지배하는 자가 무역을 지배하고, 세계의 무역을 지배하는 자가 세계의 부를 지배하고 마침내 세계를 지배한다(For whosoever commands the sea commands the trade; whosoever commands the trade of the world commands the riches of the world, and consequently the world itself)"는 말로 해양지배력과 해상무역의 중요성을 강조하였다.

과거에는 해양지배력이 해양군사력에 의해 좌우되었기 때문에 막강한 해군력을 갖춘 국가들이 해양을 지배하였다. 16세기 유럽은 포르투갈, 스페인, 네델란드, 영국, 프랑스 등이 막강한 해군력을 바탕으로 해상무역의 강국으로 등장하였다. 15세기에 탐험의 선구자적인 국가는 포르투갈이었으나 16세기 말 스페인에 합병되었고, 스페인의 무적함대는 1588년 칼레해전에서 섬나라인 영국에게 패배해 해상패권을 넘겨주고 서서히 쇠퇴하기 시작하였다. 17세기에는 스페인으로부터 독립한 네델란드가 신 해양강국으로 등장하였고, 이후 산업혁명으로 기술력과 엄청난 부를 축적한 영국이 18~19세기의 해양 패권을 차지하였다. 이와 같이 과거의 해양력은 주로 해군력에 의해 결정되는 형태였으나 근대에 들어와 그 개념이 바뀌기 시작하였다.

해양력의 결정요소

해양력은 구분하기 어려운 여러 가지 요소들의 결합체로 요소들 간의 상호의존성이 매우 큰 개념이다. 또한 해양력을 강화하기 위한 한 국가의 해양 정책 및 발전전략은 타국가의 국민과 산업, 군사 활동에 영향을 미치기 때문에 해양력은 대외연계성과 상호대립성을 가지고 있다. 해양력의 구성요소에 대해 학자들의 다양한 견해가 있지만 크게 나누어보면 해양력은 해군력, 해운력, 해양자원개발능력 그리고 해양법 제정과 연계된 해양규범의 설정 및 조정 능력의 결합체로 볼 수 있다.

글로벌화의 촉진으로 무역경쟁이 확산되고 있는 21세기에는 해양력을 가늠하는 중요한 요소가 해운력이라 할 수 있다. 해운력은 선박보유량과 운영능력, 선박건조기술 및 능력, 해운조선 전문 인력 보유, 항만경쟁력 등의 결정체로 볼 수 있다. 유럽과 같이 국가 발전과 더불어 오랜 세월 축적된 해양력을 가진 국가들은 국민의 의식 속에 해양력의 개념이 뿌리 깊게 각인되어 있다. 짧은 기간에 신흥 무역대국으로 성장한 우리나라는 해양력의 중요성을 국민들이 충분히 인식하지 못하였다. 이런 경우 선각자들이나 정부가 나서서 자국 해양력을 강화시키고 발전시키려는 의지의 표출과 의지의 관철을 위한 실행계획을 수립·추진하여야 한다. 이런 노력 없이는 높은 수준의 해양력을 가진 국가가 될 수 없으며 해양력을 강화하는 것은 결코 쉬운 일이 아니다.

한국의 해양력

다행히 한국은 해양 전담 부처인 해양수산부를 가지고 있으며, 해양수산부의 국정과제로 해운·조선 상생을 통한 해운강국건설, 해양영토수호와 해양안전관리 등을 추진하고 있다. 선박보유량과 운영능력 측면에서 보면, 외항운송업내 운임 수지의 43%를 담당했던 양대 컨테이너 선사 가운데 세계 7위 선사였던 한진해운[5]은 오랜 해운 불황의 파고를 넘지 못하고 파산하였고, 현대상선 또한 심각한 경영난으로 생존을 위협받고 있다. 구조적 붕괴 위험에 직면해 있는 컨테이너 정기선 해운산업 기반을 재건하기 위해 정부는 중점 추진과제로 한국해양진흥공사의 설립 등 재건프로그램을 진행하고 있다. 그러나 무너진 해운경쟁력을 회복하는 것은 정부의 강력한 추진력이 동반되어야 가능하다.

세계 1위의 수주실적을 영위하던 조선 산업도 해운 불황과 선박의 공급과잉으로 인한 수주 절벽에 휘청거리고 있다. 정부는 조선 3사(대우해양조선, 현대중공업, 삼성중공업)의 구조조정을 통해 몸집을 날렵하게 한 후, 해운·조선 상생 기금으로 친환경·고효율 선박의 국내 조선소발주를 추진하고 있다. 특히 지난 17년간 공적자금이 10조원 이상 투입된 대우해양조선은 재무건전성이 확보되면, 해

---

5 2016년 8월 31일 법정관리를 신청한 후, 2017년 2월 17일 파산결정이 선고됨.

양플랜트와 방위산업에 특화된 조선소로 전환해야 한다. 범용 선박 건조 부문은 분할 매각을 추진하여 신조선 시장의 과당경쟁을 줄이는 것이 요구된다.

작황이 좋지 않아 좋은 나무에 과실이 덜 열렸다고 나무를 베어낼 수 없듯이 어려울수록 해운·조선 산업의 뿌리가 되는 전문 인력의 유출을 막기 위한 노력과 인력양성에 적극 나서야 한다. 해운 인력의 경우, 부족한 초급해기사의 안정적 공급을 위해 승선근무예비역 제도를 확대하여 안정적으로 상선대를 유지할 수 있도록 지원하여야 한다. 이를 위해 승선근무예비역 인원을 연간 1,300명 규모로 확대할 필요가 있다. 잘 훈련된 상선사관은 해운력 강화에 필수적인 요소인 동시에, 유사시 준 해군인력으로 해상안보를 지킬 수 있는 핵심인력이 되기 때문이다.

조선 산업의 경우, 어려운 시기에 숙련노동자들이 조선업을 떠나지 않도록 관리하는 것이 요구된다. 경쟁력이 담보되기 위해서는 현재 숙련노동자 분류되고 있는 약 35,000여명의 기술자와 조선 설계 인력을 관리해야 한다. 조선분야 전문 인력의 체계적인 관리 없이는 Eco-ship 수주와 해양플랜트 건설 등에 경쟁력을 확보할 수 없다.

한국해양수산개발원의 국가해양력 평가에 따르면 우리나라의 항만경쟁력 지표는 비교 대상국 46개국 가운데 6위로 우수한 수준으로 평가하였다. 글로벌 해양규범을 설정하는 IMO내의 지원 평가는

1위로 매우 우수한 수준으로 평가된 바, 해운과 조선경쟁력의 회복이 한국 해양력 강화의 관건이 된다고 할 수 있다.

무역대국의 해운력

한국의 2017년 교역규모는 1조 521억 달러로 2014년 이후 3년 만에 다시 무역규모 1조 달러 클럽으로 복귀했다. 교역규모로 볼 때, 한국은 세계 9위의 무역국가로 무역흑자 958억 달러를 달성하였다. 세계무역기구(WTO)가 발표한 2017년 1~9월 누적 수출규모로 볼 때 한국은 세계 6위의 수출대국이다. 한국이 세계의 무역강국이자, 수출대국으로 지속 성장하기 위해서는 무역의 최종단계에서 거래의 완결을 지원하는 운송경쟁력의 확보가 절대적으로 요구된다. 삼면이 바다로 둘러싸어 있고, 한 면은 거대한 수용소 군도로 변한 한반도의 지정학적 환경에서, 우리나라 수출입 물동량의 99.7%를 담당하고 있는 해상운송로의 안정적 관리는 국가경제발전과 생존의 근간이 된다.

무역을 통해 경제성장을 견인해온 우리나라의 산업 구조상 글로벌 해상물류통로의 지배력을 보여 주는 해운력이 없다면, 무역 1조 달러를 넘어 2조 달러의 달성이 가능할 것인가에 대한 고민이 있어야 한다. 세계 수출대국 1~5위 가운데 해운력 기반이 약한 국가는 세계 1위의 해군력을 가진 미국밖에 없다는 사실이, 왜 우리나라가 절대적으로 해운력을 갖추어야 하는가에 대해 시사하는 바가 크다.

해양한국, 2018. 1

3
글로벌 무역전쟁과 컨테이너 해운시장

무역전쟁의 서막

미국 우선주의의 기치를 걸고 당선된 트럼프 대통령은 연간 약 8,000억 달러에 달하는 무역적자를 줄이고 자국민의 일자리를 확대하기 위해 수입관세율 인상 등 보호무역 성격의 무역전쟁을 촉발시키고 있다. 국가 안보를 이유로 수입 철강과 알루미늄 제품에 대해 각각 25%와 10%의 추과 관세를 부과하여 중국을 비롯한, 한국, EU, 캐나다, 호주, 일본 등을 압박하고 있다. 수입자동차에 대해서는 25% 관세부과를 검토하고 있다. 특히 미국 무역적자의 47%를 발생시키고 있는 중국에 대해서는 통신, 로봇, 기계, 항공장비 등 340억 달러에 달하는 첨단기술 수입제품에 2018년 7월 6일부터 25%의 추가관세를 부과하였다. 2주 이내에 추가적인 160억 달러 규모의 수입품에 대해 25%의 관세를 부과할 예정이다.

이에 대응하여 중국은 미국산 대두, 옥수수, 밀, 소고기 등 농산물과 자동차 등 659개 품목, 500억 달러 규모의 미국산 수입제품에 대해 25%의 보복관세를 부과할 방침을 정하였다. 이에 격분한 트럼프 대통령은 소비재를 포함한 6,031개 품목, 2,000억 달러 규모의 수입품에 대해 10%의 추가관세를 부과할 것을 선포하였고 공청회 등 약 2달간의 조정기간을 거쳐 관세를 부과할 예정이다. 만약 중국이 이에 대응할 경우 5,000억 달러에 해당하는 제품에 대해 추가적인 관세를 부과하는 보복을 단행한 것을 천명하였다.

2017년 중국의 대미 수출액은 5,050억 달러이고 대미 수입액은 1,300억 달러 수준이기 때문에 중국의 추가적인 대응책 마련이 용이하지 않다. 그러나 WTO에 제소하는 등 외견상으로 보복의지를 확고히 하고 있다. 트럼프 대통령은 대 중국 무역적자를 1,000억 달러가량 줄이겠다는 대선공약을 실천에 옮기고 있기 때문에 미·중 간 무역전쟁의 양상이 확전일로로 치달을 가능성이 농후하다. 현재 진행되고 있는 추가 보복관세가 구체화된다면 그로 인한 글로벌 공급사슬의 혼란으로 무역감소는 물론, 가치사슬의 붕괴로 태평양항로상의 컨테이너 물동량에도 부정적인 영향을 미칠 것이 확실하다. 이것은 회복세를 보이고 있는 세계경기에 찬물을 끼얹는 것으로 컨테이너 선사들의 영업실적에도 큰 타격을 줄 수 있다.

글로벌 공급망(Global Supply Chain)의 대혼란 초래

세계의 공장인 중국은 글로벌 공급망의 중심에 있다고 할 수 있다. 중국에서 생산되는 i-Phone의 경우 다양한 국가로부터 부품을 수입하여 중국에서 조립된 후 미국으로 수출되는 구조를 가지고 있다. 글로벌 컨설팅업체인 IHS Markit에 따르면, 2016년 출시된 i-Phone 7의 공장 가격은 237.45달러이고, 이 가운데 중국에서 공급하는 배터리 구입비용과 조립비용을 합산한 금액은 8.46달러로 공장가격의 3.6% 수준이다. 그리고 나머지 228.99 달러는 세계 기술 강국으로부터 i-Phone의 핵심부품인 디스플레이, 메모리칩, 마이크로프로세스 등의 구입에 소요된다. 미국과 일본에 각각 68달러, 대만의 Foxconn 등에 48달러, 한국에 17달러 등 수백 개의 글로벌 공급사슬상 기업들에게 부품 조달비용으로 지급된다.

만약 중국산 i-Phone 제품에 45%의 관세가 부과된다면 어디서 어떻게 부품을 공급할 것인가에 대한 문제가 제기된다. 이것은 공급사슬의 복잡성을 증가시키는 것은 물론, 생산비용의 증가로 이어질 것이다. i-Phone의 경우와 같이 중국에 투자한 대부분의 글로벌 기업들은 제품 생산에 필요한 부품 및 반제품을 수입하여 조립 후 완제품을 수출하는 형태를 보이고 있다. 중국에 진출한 다국적 기업의 수출이 중국 전체 수출의 43%에 달하고 있기 때문에 미·중간 무역전쟁은 글로벌 공급사슬의 혼란을 초래할 것이 명확하다.

대외경제정책연구원에 따르면 2017년 한국의 총 수출액 5,737억 달러 가운데 중간재 수출금액은 3,172억 달러이다. 중간재의 대 중국 수출은 920억 달러(중간재 수출의 29%)에 달하는 것으로 조사되었다. 따라서 미중간 무역전쟁이 우리 경제에 미칠 부정적인 영향을 간과할 수 없는 수준이다. 같은 맥락에서 부산항에서 환적하는 중국발 미국향 화물의 감소는 컨테이너 선사들의 영업환경에도 부정적인 영향을 끼칠 것이다.

관세율 인상의 부정적인 영향은?

현대경제연구원은 미국의 관세율이 25%까지 상승했을 때 중국의 대미 수출은 약 23.4% 감소할 것으로 추정하였다. 또한 미국의 보복관세로 중국의 대미수출액이 10% 감소하면 우리의 대중수출이 282.6억 달러 감소할 것이라는 전망하였다. 2015년 중국의 총 수입액은 1조 6,016억 달러로 이 가운데 부품 및 반제품등 중간재 수입규모는 5,808억 달러로 총 수입액의 36.3%를 점유하고 있다.

현재 중국은 자국 완결형 공급사슬의 개념인 홍색 공급망(red supply chain)을 확산하기 위하여 중간재 수입비중이 높은 한국, 대만, 일본 등으로 부터의 수입 비중을 줄이기 위한 노력을 경주하고 있다. 또한 가공무역 축소 등의 영향으로 수입중간재 재수출 비중은 2011년 47.2%에서 지속적으로 감소하고 있지만 현재의 생산구조를 바꾸는 것은 용이하지 않다. 피치사는 미국이 중국 수입제품 2,000억 달러에 대한 10% 추가 관세와 수입자동차에 대한 25% 관세 부과가 현실화 할 경우, 최대 2조 달러에 해당하는 글로벌 교역량이 위협을 받을 수 있다고 경고하고 있다.

컨테이너 물동량 감소에 따른 대응전략

IHS Markit사는 2018년 컨테이너 물동량 증가율은 4.9%로 컨테이너선박 증가율 4.7%를 초과할 것으로 예측하였다. 알파라이너사는 태평양항로의 물동량 증가율이 예측치보다 높은 8~9% 증가율을 보일 것으로 분석하였다. PIRES 데이터는 2017년 미국의 대중 수출 컨테이너 물동량은 280만TEU로 중국이 미국산 농축산물, 알루미늄 및 철강 파이프 등 30억 달러의 미국 수입품에 대한 관세를 부과할 경우 3.1%의 컨테이너 물동량 감소를 예측했다. 이것이 미국의 전체 수출물동량 1,250만TEU와에 미치는 영향은 미미하지만 무역전쟁의 확대로 중국의 대미 보복관세 대상이 500억 달러가 되면 다른 이야기가 된다.

KMI는 미중간 무역전쟁으로 중국발 미국향 컨테이너 물동량 1,350만TEU의 5.5%인 74만TEU, 그리고 미국발 중국향 컨테이너 물동량 280만TEU의 12.8%인 35만TEU 등 태평양항로에서 총 110만TEU가 감소될 것으로 추정하였다. 그러나 보복관세 대상 화물이

2,500억 달러로 확대되면 그 양상이 달라질 수 있다. 2,500억 달러는 중국의 대미 수출액의 약 50%에 해당하는 금액으로 수출물동량의 관세 탄력성을 1로 본다면 90~100만TEU 이상 감소될 수 있다. 추가적으로 미국의 대중국 수출액 1,300억 달러에 해당하는 44만~50만TEU의 물동량 감소가 예상된다.

현재 태평양 항로에서 2M은 이글서비스 중단하였고, The Alliance와 Ocean Alliance는 서비스 축소 등으로 무역전쟁에 따른 대응전략을 마련하고 있는 바, 국적 컨테이너 선사들도 선제적인 전략 수립이 필요하다. 특히 공급사슬상 수출중간재의 수요처인 중국 항로의 물동량 감소는 물론, 1,022만 TEU에 달하는 부산항 환적물동량의 감소에 따른 대비책을 마련해야 한다.

해양한국, 2018. 8

4
한미 FTA타결, 또 다른 출발점이다

2006년 GDP 12.5조 달러(세계 1위)인 세계 유일의 초강대국인 미국과 GDP 7,870억 달러(세계 12위)인 한국 간에 FTA 협상이 타결되었다.[6] 2006년 6월 5일 워싱턴 DC에서 개최된 제1차 한미 FTA 협상을 시작으로 10여 개월 만의 줄다리기 끝에 마침내 종지부를 찍게 되었다.

현재 우리나라는 '소득 1만 달러의 함정'[7]과 '저성장 저고용'으로 성장잠재력 확보와 일자리 창출능력에 많은 문제를 노출하고 있다. 이번 한미 FTA 타결은 한국경제의 새로운 성장잠재력의 확보, 한정된 자원의 효율적 배분, 기업 활동의 글로벌 스탠더드 적용, 대외

---

6 2022년 말 기준 미국의 GDP는 25조 4,645억 달러로 세계 1위, 한국은 1조 6,652억 달러로 13위임.

7 2022년 말 기준 한국의 1인당 명목 GDP는 3만 2,250 달러임.

신인도의 제고 등에 기여할 것으로 기대하고 있다.

글로벌 경쟁 하에서 우리 경제의 재도약을 위해 필요한 새로운 에너지원의 확보, 지식기반산업에 대한 학습효과, 세계 최대 시장의 선점이라는 것에 협상타결의 의미가 있다. 한편 미국 측은 최대 규모의 FTA의 타결로 대 한국 수출 확대를 통한 무역적자의 폭을 축소할 수 있는 기회를 마련했다. 또한 한국의 경쟁력 있는 산업 분야인 반도체, 통신, 전자제품, 게임분야 등에 자국 기업의 투자를 확대할 수 있는 기반을 조성했다.

다양한 분야의 협상이 동시 다발적으로 진행되었기 때문에 전체적인 협상의 득실을 따지는 것이 용이하지 않다. 전체적인 협상타결 내용이 발표된 후에 득실에 대한 면밀한 분석이 요구되지만, 단기적으로 우리의 주력 수출품인 소형자동차와 섬유·의류 제품의 대미 수출이 증가할 것으로 예상된다.

그리고 추후 논의가 진행될 무역구제와 개성공단 문제는 미국이 한국의 신뢰할 만한 경제협력 파트너인지 진정성을 보여주는 기회가 된다. 현재까지 제기된 많은 걱정과 의혹을 불식시키고 우리 국민이 납득할 수 있는 방향으로 논의가 진행되어야 한다.

그러면 한미 FTA 시대를 맞아 좋은 결실을 얻기 위해서 어떤 자세를 견지하여야 할 것인가? 국산품의 미국시장 점유율이 2001년 3.1%에서 2005년 2.6%로 감소되고 있는 시점에서 한미 FTA의 타결은 우리 기업에게 미국시장에서의 새로운 기회와 도전을 가져다 줄 것이다.

이러한 기회의 이면에는 국내시장에서의 치열한 경쟁 때문에 비효율적인 국내기업들이 도태되고, 경쟁에서 살아남는 기업이라도 생산성 및 효율성 제고에 각고의 노력과 희생을 감수해야 할 것이다. 우리 정부는 한미 간 새로운 경제동맹 시대를 여는 초입단계에서, 대립과 갈등으로 피폐해진 민심을 잘 수습하여 주어진 기회를 잘 활용할 수 있는 여건을 조성해야 한다.

이를 위해 한미 FTA의 타결로 심각한 피해가 예상되는 산업 및 산업종사자들이 새로운 사업기회를 얻을 수 있도록 해야 한다. 재정적 지원은 물론 직업훈련 및 교육, 정보제공 등 국론을 통합할 수 있는 종합적이고 세심한 지원 대책이 마련되어야 한다.

관세철폐 및 인하는 단기적으로 우리 기업이 미국시장에서 가격경쟁력을 높일 수 있는 기회가 되지만, 이것이 장기적인 경쟁우위를 보장하지는 않는다. 한미 FTA를 계기로 지속적인 산업구조 개편, 기술고도화, 고부가가치의 기술개발 등에 박차를 가해야 한다. 이것이 전제되지 않으면 FTA를 통해 얻을 수 있는 편익은 생각한 것보다 크지 않을 수 있다.

특히 우리나라의 강력한 잠재적 경쟁대상국인 중국을 따돌릴 수 있도록 서비스, 로봇, 생명공학, 에너지, 전자정보, 소프트웨어 분야 등 차세대 주력산업의 발전에 최선의 노력을 경주해야 한다. 이들 분야에서 미국 기업들과 기술협력은 물론 투자유치를 위해 적극 노력해야 한다. 이와 더불어 문화 주권의 시대에 우리 고유문화를 보급하기 위한 한류의 확대, 전통문화의 확산 등에 많은 관심과 노력을 기울여야 한다.

한미 FTA의 경험을 바탕으로 EU, 중국, 일본 등 거대경제권들과의 FTA를 적극 모색해 동북아 경제의 주도권을 선점함은 물론, 개방을 통해 한국경제의 외부 충격에 대한 면역력과 자생력을 강화시켜야 한다. 특히 특정 국가와의 경제동조화 현상을 벗어나 시장을 다변화시킬 수 있도록 거대 경제권과의 FTA를 잘 활용하여야 한다.

리콴유 전 싱가포르 총리가 언급한 대로 "20년 후면 한국이 경쟁우위에 있는 모든 산업이 중국으로 대체될 것"이란 지적을 명심하고, 한미 FTA가 우리 경제의 재도약을 위한 발판을 마련하는 데 전략적으로 활용할 수 있도록 온 국민이 지혜를 모아야 한다.

매일신문, 2007. 4. 3

5
해운기업에 숨통을 터 주어야한다

　글로벌 금융위기의 여파로 경기 침체가 장기화되면서 수출입의 한 축을 담당하는 해운산업이 존망의 기로에 처했다. 선주협회에 따르면 2008년 해운산업의 운임 수입은 469억7,000만 달러로, 조선업과 더불어 우리나라의 대표적인 효자 산업으로 인정받았다. 그러나 장기적인 경기 침체로 운임 수입 규모가 2011년 384억8,000만 달러로 감소했고, 해운기업들의 영업수지 적자 폭도 확대되고 있다.

　영국의 경제학자인 애덤 스미스는 그의 저서 '국부론'에서 해운을 특수한 산업으로 인정해 일정 부분 정부의 개입을 정당화했다. 특히 수출 주도형의 한국 경제에서 해운산업은 수출입 화물 운송의 99.7%(톤 기준)를 담당하고 있는 커맨딩하이츠(Commanding Heights; 전시의 지휘부를 뜻하는 것으로, 경제활동을 지배하는 기간산업)로 역할을 수행하고 있다. 삼면이 바다인 한국에서 세계로 나가는 해양 통로는 국가의 성장과 안위를 담보하는 생명줄 역할을 하고 있다.

원자재 운송에 주로 이용되는 벌크선의 시황을 나타내는 발틱운임지수(BDI)는 2008년 5월 20일 1만1793포인트로 사상 최대치를 기록한 후 급락해, 동년 12월 5일에는 663포인트까지 하락하며 해운기업들을 공황 속에 빠뜨렸다. 2013년 5월 말 기준으로 BDI는 811을 기록하고 있다. 운임지수의 과도한 하락은 세계의 선박 공급과 해운 수요의 괴리 때문이기도 하지만 경기 침체에 대한 해운기업의 과민반응에 기인한 부분도 있다. 해운 시장에 신규로 투입되는 선박이 전년과 비교하면 약간 증가하고 있으나 2014년도에는 감소 추세로 접어들어 해운 수요와 공급에 개선이 이뤄질 것으로 판단된다.

그러나 우리 해운기업들의 영업 실적을 볼 때 시장의 회복이 예상되는 2014년까지 버틸 여력이 없어 보인다. 2012년 기준으로 운임 수입 1,000억원 이상을 올린 33개 해운기업 가운데 12개 기업이 영업수지 적자를 기록했고, 14개 기업은 순손실을 기록한 것으로 조사됐다. 특히 글로벌 기업군에 속하는 상위 3대 해운기업이 영업수지 적자를 기록했고 적자 폭은 더욱 확대되는 실정이다. 영업수지 적자가 기록되면 그에 따라 기업의 부채비율이 상승해 재무구조 개선 약정을 요구받게 된다. 해운기업의 부채비율은 금융위기 직후인

2009년 말 306.4%로 급증한 후 2010년 말 246.6%로 잠시 안정을 찾았다가 2011년 말 330.4%로 다시 증가하고 있다.

해운기업의 수입원인 대형 선박은 수천만 달러에 이르는 고가의 운송 수단이기 때문에 선박 확보시 통상적으로 선박 가격의 80% 이상에 해당하는 자금을 선박금융으로 융통한다. 또 선박은 평균 25~30년 정도 사용되는 자산으로 해운기업 특성상 부채비율이 일반 기업에 비해 상대적으로 높을 수밖에 없다. 특히 해운산업은 짧은 호황기와 긴 불황이 주기적으로 반복하는 산업이어서 회복 가능한 해운기업을 일반적인 잣대로 퇴출시키는 것은 국가경제 차원에서 커맨딩하이츠를 다른 나라에 넘겨주는 것이 된다. 산업 차원에서는 고부가가치산업을 잃는 결과가 초래될 수 있다.

현재 해운기업을 지원해줄 수 있는 해양(선박)금융공사의 설립이 정부 차원에서 논의되고 있으나, 해운 불황이 최저점에 와 있는 현실을 감안할 때 당장 해운기업의 어려움을 이겨내도록 할 특단의 조치가 필요하다. 금융기관은 해운기업에 대한 지원을 꺼리고 있고, 선박금융 기능은 마비되어 있어 해운 경기의 최저점에서 기업의 체력 회복을 위한 단호한 조치가 요구된다.

해운기업에 대한 정부의 신용보증 등의 방법으로 영구채 발행을 지원해줄 필요가 있다. 해운기업도 정부의 지원만 바라볼 것이 아니라 자력으로 불황을 헤쳐 나갈 수 있도록 비핵심 분야의 자산 매각,

구조조정 등의 자구 노력을 적극 추진해 불황의 파고를 극복하는
데에 총력을 기울어야 한다.

헤럴드경제, 2013. 6. 4

6
섣부른 해운업 '재무개선약정'

  한국의 외항해운은 세계 5위의 선박보유국으로 성장해오면서 수출 중심의 한국경제를 뒷받침해왔다. 선박 운항과 컨테이너 터미널 운영에 막대한 자본이 들어가는 해운업은 전 세계를 관할하는 물류·항만 네트워크와 고객서비스라는 소프트웨어가 결합된 기간산업이다. 동시에 선박 투자를 위한 대규모 금융차입(통상 선가의 80~90%)이 필연적으로 수반되는 구조적 특성도 지닌다.

  이에 따라 선진 해양 국가들은 선박펀드제도, 각종 해운 세제 지원제도 등을 일찍이 도입하여 해운업을 지원해 왔으며, 경제위기 상황에서 정부의 보증제공, 발주 선박에 대한 금융지원 등을 통해 해운산업을 육성해왔다.

  해운업은 대표적인 경기순응산업이다. 세계 경기가 회복할 때 해운 경기도 급속히 상승하고 반대로 세계 경기가 침체되면 해운 경기도 추락한다. 세계 경제 위기로 작년 해운 경기의 침체 국면이 심화되었다. 다행히 작년 말부터 세계 경기가 회복하면서 해운 경기도 살아나고 있다. 해운 경기의 특성상 회복 시기는 해운업 성장을 위한 투자 기회다. 위기에서 벗어나는 회복 초기 시점에는 선박발주량이 적어 신조선 값이 낮고, 중고선 가격 또한 상대적으로 저렴하기 때문이다. 물론 해운 · 물류산업 발전은 국내 수출산업의 경쟁력 강화에 기여하고 고용 창출에도 도움을 준다.

국내 해운업을 육성하려면 우선 선박전문 국제금융기관 육성을 통해 발주 및 인도 선박에 대한 안정적인 자금지원을 도모하고, 해운기업들의 경영안정성을 높여야 한다. 2007년 기준 세계 선박금융 시장 규모는 신조선 부문 2,400억 달러, 중고선 부문 529억 달러로 추정된다. 우리나라도 신조선 발주량이 334척으로 이들 선박의 안정적인 인도를 위해 총 200억 달러가 소요될 것으로 예상된다.

해운기업과 화주 간 상생기반을 강화하는 것도 중요하다. 일본과 대만의 경우 정부의 간접지원 아래 자국 해운기업이 종합상사, 화주, 조선소, 은행 등과 연계해 국가의 주요 화물을 수송하게 함으로써 국민경제의 발전과 업계 공동의 이익을 추구해왔다.

해운기업들도 사업 다각화를 통해 스스로 경쟁력을 키워야 한다. 해운기업은 단순히 해상운송서비스를 제공하는 차원에서 벗어나 공급사슬상 화주의 다양한 물류 요구에 대응할 수 있도록 종합물류기업으로 발전해야 할 것이다.

이 같은 과제 달성에 앞서 국내 해운기업들의 경쟁력 강화를 위해 획일적 구조조정 규제를 걷어내는 게 절실하다. 최근 대기업군을 대상으로 실시되고 있는 재무구조개선 약정의 근본 취지는 재무개선을 통한 경쟁력 강화다. 이런 목표에서 볼 때, 현 시점에서 해운산업에 대한 재무 약정체결은 경쟁력 강화를 유도하는 방안이 결코 아니다. 왜냐하면 재무개선약정을 통한 선박 매각, 신규투자 억제, 추가차입 제한 등은 경제가 어려울 때 선박을 싼 값에 팔고 정작 호황기에 비싼 값에 다시 사들이도록 악순환 고리를 만들어 해운기업의 경쟁력을 약화시킬 게 확실하기 때문이다.

이뿐만 아니라, 대외신인도 하락에 따른 금융차입비용 증가로 연결되기 쉽다. 이는 결국 재무구조 악화라는 동맥경화로 이어져 약정의 취지에 반하는 결과를 불러올 가능성이 크다. 현재 벌크선 운임지수(BDI)나 정기선 운임지수인 HRCI가 회복되고 있는 상황에서 글로벌 해운기업에 대한 재무구조개선 작업은 시기상 적절하지 못하다.

아울러 국내 해운기업들의 브랜드 가치 하락을 불러올 위험성도 있다. 해외 화주들이 재무적으로 문제가 있다고 공표된 국내 해운기업에 수익성이 큰 장기 화물운송을 의뢰하지 않을 가능성이 높다.

해운 시황의 빠른 회복으로 새로운 기회가 열리고 있는 시점에 국내 해운기업에 자발적인 회생의 기회를 주는 방안을 적극 검토할 때다.

한국경제, 2010. 6. 13

7
해운산업 침체 배경과 정책과제

해운위기의 배경과 현황

2008년 9월 미국 금융기관의 파산으로 촉발된 국제 금융위기로 2008년 5월 20일 11,793 포인트로 사상 최대치를 기록한 BDI(Baltic Exchange Dry Index: 발틱건화물운임지수)가 급락세로 반전되면서 같은 해 12월 5일에는 663 포인트까지 하락하여 해운기업들을 공황에 빠뜨렸다. 이처럼 BDI가 급락하게 된 원인은 금융위기로 인한 세계수요 위축에 따르는 선박 수요 감소 이외에도 해운선물거래시장에서 투기성 자금이 이탈하고, 현물시장에서의 선사들 간 복잡한 용대선 체인 문제로 1건의 계약 파기가 전체 선사들에게 큰 영향을 미치고 있는데 기인된다. 호황기에 발주된 선박의 공급 과잉 현상도 해운경기 급락의 또 다른 원인이 된다.

해운위기 극복을 위한 정부 지원정책

정부는 해운기업의 도산을 방지하고 안정적인 해운산업의 발전을 유도하기 위해 법·제도의 개선을 위한 법률 개정 등 다양한 행·재정적인 정책을 추진하고 있다.

우선 행정적으로는 톤세제도의 연장, 해운기업의 회계기준 조정, 국제선박등록제도의 연장, 용선체인의 규제와 운송업 등록 강화 등의 지원책을 실시하고 있다. 또, 재정적으로도 '선박투자회사법'의 개정을 통해 금융지원 기반을 조성하고 있을 뿐 아니라 1조원 규모의 선박매입프로그램도 도입하였다. 이와 별개로 산업은행의 2조원대 선박펀드 조성, 수출입은행의 '외항선박구매자금대출제도' 등 다양한 재정적 지원책이 현재 시행되고 있다.

해운위기 극복을 위한 정책 과제

정부의 다양한 행·재정적인 지원 정책에도 불구하고 해운산업의 위기 극복 뿐 아니라 미래 경쟁력 강화를 위해서는 현재의 정책을 보완함과 동시에 새로운 지원 정책들이 마련되어야 한다.

첫째, 현재 추진 중인 선박매입프로그램이나 선박펀드가 확대 적용되어야 한다. 동 프로그램과 펀드의 경우 채무조정이 상대적으로 유리한 선사의 선박에 자금지원이 집중될 수 있는 구조를 가지고 있다. 즉, 1조 원 규모의 선박펀드로는 161개 선사 가운데 실질적으로 자금지원이 필요한 건실한 중소선사들이 지원 대상에서 제외될 수 있고, 채무조정이 어려워 도산할 수도 있기 때문이다.

둘째, 선박전문 국제금융기관의 육성을 통해 선박의 안정적인 인도를 도모하고, 해운기업들의 경영안정성을 제고하여야 한다. 2007년 기준 세계 선박금융시장 규모는 신조선부문 2,400억 달러, 중고선 부문 529억 달러로 추정된다. 우리나라도 신조선 발주량이 334척으로 이들 선박의 안정적인 인도를 위해서는 총 200억 달러가 소요될 예상이다.

셋째, 해운기업과 화주 간 상생기반을 강화해야 한다. 일본과 대만의 경우 정부의 간접지원 하에 자국 해운기업과 종합상사, 화주, 조선소, 은행 등과 연계하여 국가의 주요 화물을 수송하게 함으로써 국민경제의 발전과 공동의 이익을 추구해왔다.

넷째, 해운기업들도 사업 다각화를 통해 경쟁력을 강화시켜야 한다. 해운기업은 단순히 해상운송서비스를 제공하는 차원에서 탈피하여 공급사슬 상 화주의 다양한 물류 요구에 부응할 수 있도록 종합물류기업으로 발전해야 할 것이다.

현대경제연구원, 지식경제 2009년 가을호,

8
대량화물 화주의 해운업 진입은 '독배'

경기침체로 어려움을 겪고 있는 해운산업에 대한 구조조정의 일환으로 정부는 대량화주의 해운업 진출을 허용했다. 이것은 해운산업의 특수성에 대한 이해의 부족에 기인된 정책으로 해운산업의 근간을 흔들 수 있는 조치이기 때문에 반드시 철회되어야 한다.

해운기업은 수출화물의 컨테이너 운송서비스를 제공하는 정기선사(liner shipping co.)와 수출품의 원자재가 되는 철광석, 석탄 등 대량화물의 운송서비스를 제공하는 부정기선사(tramp shipping co.)로 구분된다.

정해진 항로를 주기적으로 운항하며 컨테이너 운송서비스를 제공하는 정기선은 한번 서비스가 시작되면 대부분의 비용이 고정비용화되는 특성 때문에 비용결정적인 운임구조를 가지고 있다. 반면에 부정기선은 시장상황에 따라 운임률이 변화되기 때문에 수요결정적 운임구조를 가진다. 정기선은 많은 자본과 인력이 투입되는 경직된 운송산업인 반면, 부정기선은 다수의 공급자가 존재하는 완전경쟁적 시장으로 유연성이 뛰어난 기업가의 판단이 시장에서의 성공을 좌우한다.

한국 해운은 대량화주가 제공하는 안정적인 화물로 부정기선 해운이 활성화되었고, 이를 기반으로 글로벌 컨테이너 정기선 해운 등 고부가의 해운물류서비스 산업이 발전되어 왔다. 대량화주의 부정기선 해운시장 진입은 자기화물을 바탕으로 모 기업에 이익이 되는 분야만의 사업을 수행하기 때문에 다양하고 건강한 해운물류산업의 발전을 기대할 수 없을 뿐만 아니라, 해운기업들의 포트폴리오 전략에 상당한 위협 요소가 된다.

그럼에도 불구하고 모기업인 대량화주가 자회사인 부정기선 해운업에 진출하기 위해서는 국민적 합의와 공감대가 형성돼야 가능하다.

첫 번째로 한국의 대표적인 대량화주인 포스코와 한국전력 등이 해운업에 진출하고자 하는 것이 과연 기업의 핵심역량을 강화하는 차원의 일인가에 대한 설득이 필요하다. 포스코와 한국전력은 대표적인 방만 기업경영으로 영업실적이 지속하락하고 있는 국민기업이다. 포스코 등 대량화주가 해운업에 진출하기 위해서는 원자재 조달상의 문제 때문에 생산이나 시장의 상실이 있었는지, 그로 인한 손실이 얼마나 되는지에 대한 근거를 제시해야 한다.

두 번째 고려해야 할 부분은 대량화주의 해운업 진출이 범위의 경제와 비용의 절감효과를 가져올 수 있는가이다. 포스코의 연간 물류비는 2조원 정도로 대형선박을 이용한 조달물류에 1조원 정도가 소요되는 것으로 추정하고 있다. 포스코가 해운시장에 진출해 기존의 조달물류비를 10% 줄인다고 하더라도 1,000억 원이며 이것은 2012년 포스코 영업이익의 3.6%에 해당한다. 추가적인 3.6%의 영업이익을 확보하겠다고 한국해운산업의 근간을 흔드는 것이 과연 국민경제적 관점에서 바람직한 일인지 냉정하게 생각해 볼 필요가 있다.

정부는 금융위기의 파고를 넘기 위해 고군분투하고 있는 해운기업들의 사기를 꺾은 대량화주의 해운업 진출을 불허하는 대신 해운물류기업 간 대형화를 유도할 수 있는 방안을 제시하는 것이 필요하다.

경향신문, 2014. 3. 10

9
해운기업과 대량화주간 상생전략은 없는가?

대량화주의 해운업 진출 시도의 배경

2008년 1조 7,044억원의 매출을 올린 대우로지스틱스가 국제금융위기의 파고를 견디지 못해 지난 7월 법정관리(기업회생절차)에 들어갔다. 외환위기 때인 1999년 (주)대우 물류팀에서 분사한 대우로지스틱스는 해운, 3자물류, 해외자원개발 등의 사업을 영위하던 중견물류기업이다. 2006년 인도네시아 법인을 설립하여 옥수수농장, 팜오일 및 고무농장조림사업, 석탄광개발사업 등을 시작하였고, 2008년 마다가스카르에 법인을 설립하여 농장은 물론 광석개발사업에 박차를 가하여 왔다. 그러나 2008년 매출액 1조 7,044억원과 영업이익 45억원을 달성하였음에도 불구하고 환차손으로 인해 148억원의 적자를 기록하였다. 그리고 금융위기의 직격탄을 맞은 해운업의 불황으로 해상운임이 급격히 하락하면서 수익성확보에 상당한 어려움을 겪어왔다. 이를 해결하기 위한 방안으로 대우로지스틱스는 연간 물류비가 2조 원에 달하는 포스코에 기업인수를 제안하면서 대량화주의 해운업 참여문제가 불거지기 시작하였다.

현재 대우로지스틱스는 포스코 수출물량의 약 10% 정도를 처리하고 있고 포스코의 해외철강유통센터 구축에 지분참여를 하고 있기 때문에 대우로지스틱사의 파산은 포스코의 대외신인도와 국제물류전략에 차질을 줄 수 있다. 이러한 이유로 포스코는 대우로지스틱사의 경영정상화에 적극 참여하겠다는 의사를 피력하고 있다. 포스코는 2008년도 7,900만 톤의 철광석과 석탄을 수입하였고 1,000만톤의 철강제품을 수출한 굴지의 대형화주로 우리나라 해운업체들이 수송하는 물동량의 10~20%에 해당하는 화물을 보유하고 있다. 특히 한치 앞도 예측하기 어려운 해운 불황기에 포스코의 해운물류업체 인수는 기존 해운기업들의 생존과 관련된 중차대한 일이기 때문에 해운업계에 큰 파장을 일으키고 있다.

한편 우리나라 연간 석탄수입량의 약 70%에 해당하는 7,000만 톤의 석탄을 수입하고 있는 한국전력은 그 자회사의 하나인 동서발전이 톤당 운송비가 약 20센트 저렴하다는 이유로 2004년부터 NYK, MOL, K-Line 등 일본 선사와 대량화물운송 계약을 체결하면서 국내해운기업의 비난을 받아왔다.[8] 한국전력의 새로운 경영진은 여기서

한걸음 더 나아가 지난 5월 해운업에 진출하겠다는 의사를 밝힌 바 있으며, 관계기관은 "해운법 24조"를 근거로 반대의사를 표명하였다. 이에 불복한 한국전력은 대량화주의 해운업 진출을 제한한 해운법 24조가 공정거래법을 위반하는 것으로 해석하고 이에 대한 판단을 공정거래위원회에 제기하였다.

<표 1> 국내 대량화물 수입량(2008년 기준)

화물종류	수입량(만톤)	비중
석유류	15,120	28%
석탄류	9,720	18%
철광석	5,940	11%
가스류	5,400	10%
기 타	17,820	33%
합 계	5억 4,000만톤	100%

자료: 한국선주협회

이런 맥락에서 볼 때 대량화주의 해운업 진출 문제는 대량화물의 외국적선 수송참여[9] 문제와 직·간접적으로 연관되어 있는 것으로 이해당사자들 간에 가슴을 열고 최적의 해법을 찾아야 할 민감한

---

8 현재 한국전력 자회사인 동서발전과 남동발전은 일본선사와 10년간 장기운송 계약(COA) 9척, 18년 전용선계약 2척 등 11척에 대한 운송계약을 체결하고 있음.

9 포스코는 수입화물의 10%에 해당하는 약 800만 톤을 외국선사에게 수송을 맡겼고, 남동발전과 동서발전 등 한전의 5개 자회사는 2008년 석탄 수입물량 6,093만 톤의 16%인 979만 톤의 수송을 일본선사에게 맡겼다.

사안중의 하나이다. 왜냐하면 대량화주의 경우 운송물류비용을 절
감하고, 수송의 안정성 확보, 질 좋은 서비스를 받기 위한 방안으로
외국적선의 수송시장 참여 확대와 해운업 진출을 모색하고 있기 때
문이다.

〈표 2〉 주요 대량화물 화주의 운송방식

포스코	전용선계약	52%
	비 전용선(단기포함)	48%
한국전력	전용선 및 장기운송계약	76%
	단기(스팟)계약	24%

자료: 한국선주협회

외국선사 시장 참여는 장기적인 관점에서

물류관리 측면에서 대량화주는 경쟁입찰을 통하여 자사화물의 운
송업체를 결정하는 것이 무엇보다도 효율적이며 비용절감이라는 단
기적인 목표를 달성할 수 있는 한 방법이다. 또한 외국선사들의 시
장참여를 허용하는 것이 WTO 체제하의 개방화·글로벌화 시대의
패러다임에 부응한다. 그러나 대량화물운송 시장의 개방은 대량화
물 수송권을 확보하는 것에 대한 국가간 진입장벽 없고 공정한 경
쟁입찰이 전제되는 경우에만 가능한 일이다. 일본이나 대만의 경우
대량화물 운송시장을 개방하고 있지 않기 때문에 형평성을 확보할
수 없다. 따라서 국가간 형평성이 보장되는 범위 내에서 시장개방이

고려되어야 한다.

더욱이 대량화물의 운송시장 개방을 통해 외국선사의 시장지배력이 강화되면 국적선사의 존립이 흔들릴 뿐만 아니라, 장기적인 관점에서 운임률이 상승하여 국민경제적 손실을 초래하게 된다. 특히 기간산업의 원자재가 되고 있는 석탄 및 철광석의 저렴한 수송은 우리제품의 시장경쟁력과 직결되기 때문에 단기적인 이익에 집착하기보다는 장기적인 관점에서 문제를 보는 시각이 필요하다.

비 핵심 분야 사업진출은 신중해야

이보다 한 걸음 더 나아가 대량화주가 수직적 통합이나 기업인수를 통해 직접 해운업에 진출하는 전략을 수립할 수 있다. 우리나라 해운법 제 24조 4항에는 "원유, 제철원료, 액화가스, 그 밖에 대통령령으로 정하는 주요화물(이하 "대량화물"이라 한다)의 화주나 대량화물의 화주가 사실상 소유하거나 지배하는 법인이 그 대량화물을 운송하기 위하여 해상화물운송사업의 등록을 신청한 경우 국토해양부장관은 제2항에도 불구하고 미리 국내 해운산업에 미치는 영향 등에 대하여 관련 업계, 학계, 해운전문가 등으로 구성된 정책자문위원회의 의견을 들어 등록 여부를 결정하여야 한다."고 규정하고 있다. 그리고 동법 시행령 제 13조 1항에 따르면 "그 밖에 대통령령으로 정하는 주요 화물"이란 발전용 석탄을 말하는 것으로 정의하고 있고, "대량화물의 화주가 사실상 소유하거나 지배하는 법인"은 주식의 발행주식 총수의 100분의 30 이상을 소유하고 있는 법인 또는 개인, 영향력을 행사할 수 있는 법인 또는 임원 등으로 규정하고 있다. 그러나 이러한 법적인 자구로만 대량화주의 해운업진출을 막는 것은 용이하지 않을 뿐만 아니라 바람직하지도 않다.

대량화주가 해운업에 진출하고자 하는 경우 다음과 같은 사항에 대한 합의와 공감대가 형성되어야 한다. 해운업 진출이 ①기업의 핵심역량으로 시장의 성공요인이 되는가? ②공급망의 확대를 통해 범위의 경제(economies of scope)효과나 비용절감효과가 있는가? ③기업의 통제를 강화해야 할 할 외부요인이 있는가? 등이다. 첫 번째로 포스코가 해운업에 진출하고자 하는 것이 핵심역량을 강화하는 차원의 일인가에 대한 설득이 필요하다. 〈표 2〉에서 나타난 바와 같이 포스코는 안정적인 전용선계약을 통해 전체물량의 52%를 공급하고 있고 비 전용선으로 48%를 공급하고 있다. 포스코가 해운업에 진출하기 위해서는 원자재 조달상의 문제 때문에 생산이나 시장의 상실이 있었던 지, 있었다면 그로 인한 손실이 얼마나 되는지에 대한 설득력 있는 구체적인 근거를 제시하여야 한다. 더욱이 현재와 다른 물류시스템(자사선이용)을 구축하였을 때 포스코의 경쟁력과 시장 지배력을 강화할 수 있는지에 대한 연구가 필요하다. 해외의 개별 기업에 대한 상황 분석 없이 단지 세계 최대철강업체인 아르

셀로 미탈, 신일본제철 등이 해운사를 가지고 있기 때문에 포스코도 가져야 된다는 것은 설득력이 없다.

두 번째로 범위의 경제효과나 비용절감 효과의 문제이다. 포스코의 2008년 매출은 30조 6,420억 원이며 그에 따른 영업이익은 6조 5,400억 원에 이른다. 포스코의 2007년 물류비는 약 2조원 가량 되는 것으로 추정되고 있다[10]. 이 가운데 조달물류비가 1조원, 생산물류비 3,500억원, 판매물류비 6,000억원 정도의 비중을 차지하고 있다. 포스코가 해운업에 뛰어들게 되면 약 1조원에 해당되는 조달물류비의 절감을 예상하게 되는 바(실제 절감가능성은 크지 않음), 조달물류비의 10%를 절감한다면 가정하면 약 1,000여억 원을 절감하게 된다. 이것은 회계연도에 차이가 있지만 전체 영업이익의 1.52%를 추가적으로 얻게 되는 결과이다. 과연 거대 국민기업이 1.52%의 추가적인 영업이익의 확보를 위해 해운산업의 근간을 흔들 수 있는 해운업에 뛰어드는 것이 국민경제적 관점에서 과연 바람직한 일인지 고민할 필요가 있다.

세 번째로 전대미문의 글로벌 금융위기로 인하여 기업들은 새로운 성장동력을 얻기 위해 다양한 경영전략을 수립하고 있다. 세계적인 철강기업인 포스코의 경우도 어려운 국제경영환경을 극복하기 위해 공급망을 철저히 관리할 수 있는 해운물류기업의 필요성을 느

---

10 물류신문(2008. 2. 19)

낄 수 있다. 그러나 금융위기를 극복하기 위해 애쓰고 있는 해운기업들이 주요 고객이자 대량화주인 포스코의 공급망에 기민하게 대응하지 못하고 있는지, 대량화주의 요구에 능동적·효율적으로 부응하지 못하는지에 대한 진단이 필요하다. 그리고 해운기업들이 포스코의 요구에 부응하지 못한다면 선순환구조(virtuous circle)를 만들기 위한 조정방안은 없는지에 대한 분석이 된 후에 이해당사자들을 설득하는 것이 국민 기업인 포스코와 한국전력이 취해야 할 올바른 자세라고 할 수 있다.

해운기업과 화주간 호혜의 서클(circle of reciprocity)을 만들어야

수입원자재 의존형 경제발전을 이룬 일본이나 대만의 경우, 대량화물의 수송권을 외국선사에 개방한 경우가 없으며, 일본은 외국선사의 자국시장 참여를 원천적으로 불허하고 있다. 특히 전략적 중요성이 강한 화물의 경우에는 정부의 간접적 지원 하에 종합상사, 화주, 조선소, 은행 등이 연계하여 일본선사가 화물을 수송할 수 있게 지원함으로써 공동의 이익을 추구하고 있다.[11]

더욱이 제조기업과 해운물류기업간의 공존적 파트너쉽 구축이 기

---

11 한종길(2005), 「대량화물의 장기적 거래관계 구축을 통한 일본 선화주의 공생관계」, 『해운물류연구』, vol. 44, pp.1-15.

업의 경쟁력을 제고할 수 있는 중요한 수단으로 활용되고 있고, 공급사슬관리(supply chain management)를 통해 기업의 핵심역량 강화가 보편화되고 있는 시점에서[12] 제조기업의 해운업 참여는 바람직하지 않다. 기업간 상호 보완적이며 협력적인 관계정립이 무엇보다도 중요한 시점에, 기업의 적은 이익을 위해 해운시장의 근간을 흔드는 대량화주의 해운업 진출은 자제되어야 한다.

물론 개별기업차원에서 해운업의 진출을 통해 안정적이며 비용절감적인 운송수단을 확보하려는 전략의 필요성은 인정된다. 그러나 이러한 개별기업 차원의 효율적인 공급사슬의 구축을 위한 해운업 진출의 긍정적인 효과는 핵심사업이 아닌 비전문 물류분야의 진출에 따른 비효율성으로 그 효과가 상쇄되는 경우가 대부분이다. 따라서 관련 기업 간 신뢰관계를 구축하여 협력 시스템의 최적화를 달성할 수 있도록 상호 협력방안을 모색하는 것이 글로벌 경쟁시대의 생존 및 발전전략으로 더욱 효과적일 것이다. 이를 위해 기 구축된 "선화주협의회"가 상생을 위한 실제적인 조정자 및 중재자로 역할을 할 수 있도록 위상을 강화할 필요가 있다.

끝으로 정부가 야심차게 추진하고 있는 해외자원개발사업에 개발주체와 해운물류기업들이 공동으로 진출 및 투자하는 방안이 모색

---

12 하영석, 신상헌(2005), 「전략화물의 장기운송시장 개방에 따른 대응전략」, 『해운물류연구』, vol. 45, pp.1- 15.

되어야 한다. 해운기업들이 안정적인 수입이 보장되는 전용선계약에만 의존하게 되면 대량화주의 해운업진출 문제는 지속적으로 대두될 수 있다. 왜냐하면 안정적 수익이 발생하는 곳에는 새로운 시장진입에 대한 유혹이 있기 마련이기 때문이다. 해운기업은 대량화주와의 결속력을 강화하기 위해 해외자원개발에 따른 위험을 공동으로 분담하고 해외자원 개발의 주체로써 수송권을 확보하려는 진취적인 자세가 요구된다. 이에 대한 정부의 적극적인 지원방안이 모색되어야 한다.

한국해양수산개발원, 해운과 경영, 2009. 9. 16, ;
한국해운신문, 2009. 9. 18

10
컨테이너선의 운임결정 구조와 공급망
혼란기의 상생전략

정기선과 부정기선의 특성

해운기업은 수출화물의 컨테이너 운송서비스를 제공하는 정기선사 (liner shipping co.)와 수출품의 원자재인 철광석, 석탄, 곡물 등 대량의 벌크화물 운송서비스를 제공하는 부정기선사(tramp shipping co.)로 구분된다. 정기선사는 컨테이너선을 가지고 고시된 운임률로 정해진 항로를 주기적으로 운항하는 서비스를 제공한다. 한번 서비스가 개시되면 운송비용의 대부분이 고정비용화 되는 특성 때문에 비용결정적 운임구조를 가지고 있으며, 비용에 근거하여 화주들과 운임인상협상(General Rate Increase: GRI)을 한다. 컨테이너 운송 시장은 소수의 공급자가 있지만 완전경쟁적 시장의 성격을 보이는 경합적 시장(contestable market)이라 할 수 있다(Davies, 1986; Hirata, 2017)

반면에 부정기선은 선박공급이 중·단기적으로 한정된 상황에서 수요가 변동됨에 따라 운임률이 변동하는 수요결정적 운임구조를 가진다. 정기선은 많은 자본과 인력이 투입되는 경직된 운송서비스 인 반면, 부정기선은 다수의 공급자가 있는 완전경쟁 시장으로 소수 의 선박으로도 영업이 가능하며 진입과 퇴출이 자유스러워 Hit and Run이 가능하다.

코로나 초기에 상하이컨테이너운임지수(Sanghai Container Freight Index, 이하 SCFI)는 1,000 수준에 머물러 있었으나 2020년 5월부터 상승을 시작하여 2022년 1월 초 5,109로 고점을 찍은 후, 현재 지수 1,000선에서 등락을 거듭하고 있다. SCFI 5,019는 2005년 지수가 공

〈그림 1〉 SCFI의 변동 추이

자료: 상해항운교역소, 한국해양진흥공사 발표자료에서 발췌

시된 이후 사상 최고치로 전무후무 할 정도로 높은 수치이다.

따라서 컨테이너선사의 운임결정구조에 대한 이해를 바탕으로 코로나시기 해상운임률이 고공 행진한 원인을 살펴본다. 그리고 수출대란의 시기를 반추해보면서 글로벌 공급망 혼란기에 선화주의 협력방안을 모색해보고자 한다.

컨테이너선 정기선의 비용 구조

컨테이너선의 비용은 크게 선비, 운항비, 화물비로 구성된다. 선비는 운송서비스를 제공할 수 있는 상태로 유지하는데 소요되는 비용으로, 선원비와 선박을 유지하는 소요되는 비용인 수리비, 보험비, 선용품비, 일반관리비, 감가상각비 등으로 구성된다. 운항비는 운송서비스를 제공함에 따라 발생하는 비용으로 연료비와 항비로 구성된다. 화물비는 선박의 운항과는 별도로 화물의 선적, 양하를 위해 소요되는 비용으로 터미널비용(terminal handling charge: THC), 하역비, 장치료, 검수료, 화물입항료 등으로 구성된다. 이외에 유가와 환율의 변동성을 반영하기 위하여 유류할증료(bunker adjustment factor: BAF)나 통화할증료(currency adjustment factor: CAF) 등이 부과되기도 한다.

삼정KPMG의 연구보고서(2019)에 따르면 10,000 TEU급 컨테이너선의 단위당 운송비용을 100으로 가정했을 때 각 비용의 비중은, 선원비는 6.1%, 선원비 이외의 선비가 23.8%, 연료비가 49.7%, 화물비가 23.8%의 비중을 보인다. 따라서 연료비와 화물비의 변동이 운임률 결정에 지대한 영향을 끼친다고 할 수 있다.

운임률의 결정구조와 SCFI의 급등 원인

1980년부터 2005년까지 매년 컨테이너선박의 공급이 수요를 3% 이상 초과하였고, 그 결과 2005년 기준 컨화물 대비 컨선박공급 비율은 110% 수준이었다.(Jensen, 2018) 2008년 글로벌 금융위기 이후에도 정기선사들은 단위당 운송원가를 낮추기 위해 18,000~23,000 TEU급 초대형 선박을 발주하여 원가 경쟁을 심화시켜왔기

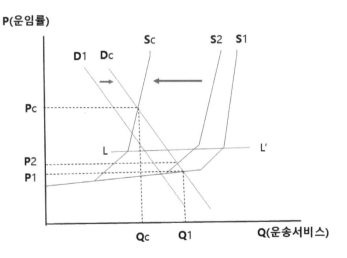

〈그림 2〉 코로나 팬데믹으로 인한 급격한 공급감소 및 수요증가

때문에 선박 공급부족으로 인한 급격한 운임상승은 상상하기 어려 웠다.

〈그림 2〉에서 보여주는 바와 같이 일반적으로 상황에서 운송수요 가 D1에서 Dc로 증가하여도 공급이 충분한 S1의 경우, 운임률(P1) 의 변동은 거의 없다. 또한 공급량이 S2로 약간 감소하여도 운임률 은 P2-P1 만큼만 상승하게 된다. 그러나 더 이상 선박 재배치의 공 급한계를 넘어서는 LL' 이상의 수요가 있고(Dc) 공급이 급격히 감 소하는 경우(Sc), 경직된 공급 특성 때문에 수요증가분이 그대로 운 임률에 반영되어 운임률의 급격한 상승을(Pc) 초래한다.

팬데믹 기간 동안 운임률 급등의 단초가 된 원인은 여러 가지가 있겠지만 첫 번째로 꼽을 수 있는 것은 공급 측면의 가용 선박의 절대적 감소이다. 미국 서부항만의 장기 체선과 제로 코로나 정책으 로 인한 중국 항만에서의 체선 증가 등으로 수백 척의 선박이 항만 에서 발이 묶여있는 급격한 공급축소의 충격이 있었다. 두 번째는 첫 번째 원인과 연계되는 것으로 주요 허브항만에서 항만노동인력 의 부족과 파업 등으로 연계운송서비스에서도 병목현상이 발생하였 다. 그 결과 항만적체가 심화되고 공 컨테이너의 회수가 어려워져 박스 부족현상이 발생하였고, 그로 인해 공급망의 경색이 초래되었 다. 세 번째는 2016~2020년까지 해운불황으로 신조선 발주가 정체 되었고 그 결과 신조선 인도량이 감소한 것이다. 2016~2020년까지

5년간 선박 발주량은 421만 TEU로 2021년부터 1년 6개월간 발주량 597만 TEU에 보다 적었다.

수요 측면에서는 전 세계적인 재정확대 정책으로 내구재의 소비가 증가하였고, 이에 따른 재고 부족 현상, 보복 소비 등으로 해상 물동량이 증가한 것도 운임률 급등의 한 요인이다.

선화주간 가치 창출 파트너십의 구축

경제학적인 관점에서 운송은 무역의 파생수요(derived demand)이다. 즉 운송은 무역계약이 체결되면 계약의 이행과 완결을 위해 부수되는 활동으로, 무역과 운송은 불가분의 관계 즉 바늘과 실의 관계라 할 수 있다. 이런 관점에서 운송을 책임지는 선사와 화주가

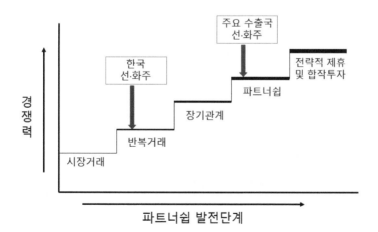

〈그림 3〉 기업 간 협력관계의 발전 단계

공존을 위해 협력하는 것은 당연하다.

기업 간 협력관계는 일반적인 시장거래에서 시작하여 특정기업과의 반복거래를 거쳐 상호의존도가 강화되는 장기거래관계로 발전하게 된다. 장기거래관계의 가격은 시장에 의해 결정되기보다 상호의존성에 기초하여 서비스 수준, 서비스 품질 등을 감안한 협상에 의해 결정된다. 장기거래에서 한 단계 발전된 모습이 가치창출 파트너십(value-adding partnership)이다. 팬데믹 이전에 선화주간 파트너십이 잘 구축되었다고 한다면 우리가 겪은 심각한 물류대란이 발생했을까? 해외 항만 사정에 정통하고 화물수요 예측이 가능한 선사와 다양한 지역의 수출정보를 가진 화주 간에 긴밀한 협력과 정보교환이 있었다면 공 컨테이너 부족 문제는 사전에 예방할 수 있었을 것으로 판단되며, 장기운송계약을 통해 운임률 급등에 따른 화주의 피해도 상당부분 상쇄할 수 있었을 것이다.

현재 우리나라 미주향 화물의 50% 정도는 국적선사와 장기운송계약이 체결된 것으로 알려져 있다. 이것은 일본의 장기운송계약 화물비중 80%와 미국의 우대운송계약(service contract)[13] 화물비중 90%에 비해 상대적으로 낮은 수준이다. 경기침체로 글로벌 선사간

---

13 미국은 1984년 신해운법, 1998년 외항해운개혁법을 통해 해운동맹의 독과점금지법 적용배제를 용인하는 대신 화주에게 선사와 일정기간 일정량이상의 화물에 대해 운임, 서비스내용 등의 공표없이 양자 협상을 통해 우대운송계약(service contract)를 체결할 수 있게함. 단 화물명, 화물량, 선적항 및 양륙항, 계약기간은 FMC에 신고하고 공표하여야 함.

화물 확보 경쟁이 심화되는 가운데 국적선사와 장기운송계약의 확대는 선사의 안정적 운영은 물론, 서비스 경쟁력을 강화할 수 있는 기반이 된다. 화주는 시황변화를 예측하기 힘든 시기에 할인된 운임률로 안정적으로 선박을 확보할 수 있고 맞춤형 물류서비스를 제공받을 수 있는 혜택을 누리게 된다. 또한 장기운송계약 당사자 모두 빅데이터의 활용, 디지털 신기술의 도입, 시장정보의 교환, 신규 물류통로의 개척 등을 통해 글로벌 경쟁 우위를 확보할 수 있다.

세계 경제의 복합적 위기와 공급망 혼란기의 외부 충격에 대비할 수 있도록 장기운송계약의 확대를 넘어 선화주간 가치창출 파트너십 구축이 필요한 시점이다.

맺는 말

현재 HMM을 비롯한 선사들이 화주들과 장기운송계약 체결을 위한 막바지 협상을 진행하고 있다. SCFI가 1,000 수준에서 등락을 거듭하는 상황에서 현물시장운임률(spot rate)을 기초로 장기계약운임률(contract rate)이 결정되기 때문에 화주들에게 매우 유리한 시장환경이 조성되었다고 할 수 있다.

첨단기술동맹의 출현, 미중무역분쟁의 확대, 우크라이나 전쟁, 글로벌 경기침체 등으로 세계 경제의 불확실성 확대되며 국가간 보호무역주의가 강화되는 절체절명의 시기가 다가오고 있다. 수출대란의 뼈아픈 경험이 선주와 화주간에 잠재되어 있는 갈등을 증폭시키는 것이 아니라, 위기 상황을 극복하며 성공적으로 공존할 수 있도록 협력모델을 개발하는 계기가 되어야 한다. 더욱이 선사뿐만 아니라 화주에게도 큰 충격으로 다가올 공급망 재편의 제반 문제를 선제적으로 해결하기 위한 전략으로 장기운송계약을 넘어서는 가치창출 파트너십 관계형성이 요구된다.

한국무역협회, KITA.NET, 2023. 5. 10

11
선화주 상생은 왜 어려운가?

선사의 규모에 따른 단위당 운송비용의 격차

2016년 IR 자료를 기준으로 Drewry에서 추정한 글로벌 선사들의 TEU당 운송비용를 보면, 세계 1위 선사인 Maersk(3,193,142TEU 보유)의 단위당 운송비용은 $1,117달러이며, 세계 3위 선사인 CMA CGM(2,250,692TEU)의 단위당 운송비용은 $1,145로 조사되었다. 반면에 당시 세계 7위선사였던 한진해운(609,536TEU)의 단위당 운송비용은 $1,232이고, 세계 14위 현대상선(현 HMM, 437,512TEU)의 단위당 운송비용은 $1,408로 나타났다. Maersk의 단위당 운송비용을 100으로 하였을 때, Maersk에 비해 한진해운은 10.3%, 현대상선은 26.1%가 높은 고비용 구조를 가지고 있다.

컨테이너 선사에서 규모의 경제 효과(economies of scale)가 크다는 것이 잘 입증되고 있기 때문에 외국적 선사에 비해 규모가 작은 국적선사는 시장 침체기에 화물유치가 상대적으로 불리하다. 이러한 본원적 비용구조의 격차가 불황기에 국내화주들이 외국적 선사를 선호하게 되는 하나의 요인이 된다.

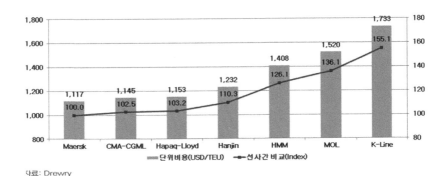

다료: Drewry

〈그림 1〉 글로벌 선사의 TEU당 운송비용(2016)

또한 글로벌 시장에서 수요와 공급에 의해 운임률이 결정되면 효율적인 기업(단위당 운송비용이 낮은 기업)은 비효율적인 기업에 비해 시장에서의 공급량이 많다. 이를 기반으로 운송서비스를 다양화할 수 있는 범위의 경제(economies of scope) 효과도 누릴 수 있기 때문에 글로벌 대형선사로의 쏠림현상이 발생하게 된다.

〈그림 5〉에서 보는 바와 같이 글로벌시장에서 단위당 운임률(Po)이 결정되면 선사는 자사의 한계비용곡선(MC)에 따라 공급량이 결정된다. 단위당 한계비용이 Po이상인 비효율적인 기업들은 시장에

서 퇴출(MCo) 될 것이고, MC1인 기업은 Q1 만큼 공급할 수 있으며 가장 효율적인 한계비용곡선을 가진 MC3 기업은 Q3 만큼의 많은 서비스 공급량을 제공할 수 있다. 만일 시장의 운임률이 P1으로 상승하게 되면 시장에 남아 있는 비효율적인 기업(MCo)도 비로소 Q0의 공급량을 가질 수 있다. 기존 시장에서 서비스를 제공하고 있던 기업들은 더 많은 서비스를 제공할 수 있기 때문에 근해항로에 투입되었던 선박을 원양항로로 대체 투입하거나 높은 가격에 새로운 선박을 용선하여 공급함으로 고운임률 시장을 향유하게 된다.

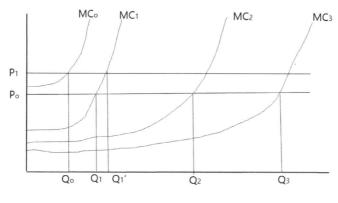

〈그림 2〉 비용구조에 따른 선사별 공급량

운송시장을 보는 관점의 차이

컨테이너 선사는 기업 성격상 운송서비스를 제공하여 이윤을 극대화하기 위해 노력하는 사기업이다. 반면에 산업성격상 국제적인 무역통로에서 수출입 화물의 운송서비스를 제공하는 공적운송인(Public Carrier)의 성격을 가지는 특수성이 있다. 과거로부터 공로, 철도, 항공, 해운산업은 자연독점(natural monopoly)[14] 성격을 가진 기간산업으로 소비자 편익, 서비스의 질, 안전 등을 고려하여 국가가 운영주체가 되는 공적기업으로 유지·발전하여 왔다.

이러한 이유 때문에 대외의존도가 낮고 신기술 분야의 경쟁력이 높은 미국에서 조차도 해운기업에 대해 금전적 지원을 아끼지 않았다. 미국은1990년 중반까지 자국선대를 유지하기 위하여 운항차액보조[15], 건조차액보조[16] 등을 실시하면서까지 선사와 조선소를 보호를 위해 노력하였다. 그러나 보조금이 해운 경쟁력 강화하는 데 도움이 되지 않는다는 판단 하에 1990년대 후반 지원정책을 중단하였다.[17]

---

14 규모의 경제로 인한 진입장벽이 매우 클 때 발생하는 현상으로 단일공급자가 생산 및 공급하는 것이 가장 효율적인 경우이다.

15 Operating Differential Subsidy(ODS)는 국제항로에 취항하는 미국적 선박에 대해 외국의 경쟁선박과 운항원가 측면에서 대등한 수준을 유지할 수 있도록 지원하는 제도로 1997년 이후 신규 ODS 계약 체결은 중단됨. ODS 지원을 받기 위해서는 국가비상시 해당선박을 국가가 동원할 수 있다는 것에 동의하고 미국정부와 20년간 ODS 계약을 체결하여야 함.

16 Construction Differential Subsidy(CDS)는 국외에서 선박을 건조할 때의 가격과 국내에서 선박을 건조할 때의 가격의 차액분을 지원하여 자국내에서 선박건조를 유도하여 조선과 해운산업을 지원

17 미국의 US Line은 1985년 파산하여 Sea-Land사에 합병되었고, APL사는 2004년 싱가포르 선사인 NOL에 매각되었다가 2016년 세계 3위의 프랑스 선사인 CMA-CGM에 재매각 되었다. 그리고 Sea-Land사는 2005년 세계

유럽의 경우에도 해운은 산업혁명 이후 해외식민지로부터 원자재와 생필품을 지속적으로 수입해야하는 생명선의 역할을 했기 때문에 선박확보자금 저리 융자, 세제상의 혜택, 운항차액보조금 교부 등의 보호정책을 실시하였다. 강력한 해운(운임)동맹(Freight Conference, Shipping Conference)을 이끌었던 유럽도 2008년 해운동맹에 대한 경쟁법 적용 배제 규정이 폐지되고 선사간 전략적 제휴(Strategic Alliance) 체제로 전환하면서 보호정책이 약화되었지만, 공적운송 성격을 가진 정기선해운 기업들은 국가로부터 보호받을 당위성이 있다고 생각한다.

반면에 화주들은 선사들이 호황기에 화주들의 어려움을 고려하지 않은 채 운임률을 올려 엄청난 수익을 올리고, 높은 수준의 적취율을 유지하기 위하여 운송수요가 부족한 지역의 blank sailing(임시결항), 저속운항 등으로 공급량을 조절하는 등 화주들에게 불이익을 주면서 불황기에는 상생하기를 바란다고 생각한다. 반면에 선사는 호황기 선박부족 시에 우선적으로 국내 화주를 배려하였고, 글로벌 선사간 치킨게임으로 국적선사가 사라지면 예상되는 독과점 운임의 피해를 막아주는 방패 역할을 한다고 생각한다.

선사는 컨테이너 운송을 공적기능을 가진 기간산업이라는 것에

1위의 덴마크 선사인 Maersk에 합병되어 초기Maersk-Sealand(현재는 Maersk) 운영되는 등 사실상 외항해운을 포기하였다.

방점을 두는 반면, 화주는 경쟁적 시장 하에서 운송서비스를 제공하는 하나의 기업 군으로 보는 관점의 차이가 존재한다.

거래 관계에서의 불신

국제무역에서 가장 많이 활용하고 있는 FOB, CIF 거래조건의 경우, FOB는 수입업자가, CIF는 수입업자를 위해 수출기업인 화주가 선적기일(shipping date)에 맞추어 미리 선박을 예약(booking)하게 된다. 화주가 생산지연 등으로 선적일까지 예약화물을 터미널에 입고시키지 못하고 선적일에 임박하여 변경을 요구하는 경우가 있다. 화주에게 패널티가 부과되지 않는 이런 일이 반복되다 보면, 선주는 경험에 기초하여 본선에 적재가능한 화물량 보다 초과된 예약을 받게 된다. 실제로 계약이 전부 이행될 경우 예약된 화물의 일부를 선적하지 못하는 악순환이 발생하게 되고 상호간 신뢰에 금이 가게 된다.

이러한 상황이 반복되면 화주 또한 이에 대응하기 위하여 자신의 물류망에 추가비용을 지급하더라도 완충장치를 마련하게 되며 추가된 비용은 압력을 가해 선사에 전가하려고 노력한다. 또 다른 방안은 실제 수요를 초과해서 선적 공간을 확보하여 자신의 화물이 선박이 실리지 못하는 상황에 대비하게 된다. 지역에 따라 편차가 있지만 막판 취소물량이 최대 40%에 이르는 곳도 있다.(Jensen, 2018)

또한 우리나라 컨테이너 운송계약의 대부분을 차지하고 있는 일회성 계약의 경우 일반적으로 계약서 없이 B/L로 운송계약을 대신한다. 따라서 화물이 선적되고 B/L이 발행되는 순간까지 운임협상이 지속되는 경우가 있어 운임변동성이 확대되는 경향이 있다. 이 또한 선화주간 신뢰관계 형성을 방해한다.

2자 물류기업의 우월적 지위

통칭 포워더(Freight Forwarder)라 불리는 국제물류주선업자는 실제 운송수단을 보유한 선사를 제외하고는 무선박운송인(NVOCC, Non-Vessel Operating Common Carrier)이다. 그들은 소형화주들에게 최적의 운송방법을 제안하고 선화주의 운송을 자기 책임 하에 중계하고 운임차익을 수입으로 하는 법적인 운송인이다. 선사와 거래하는 포워더 가운데 선사에 대해서는 대량화주이며 중소형 화주에게는 운송인으로 역할을 수행하는 대기업 물류자회사인 2자 물류기업의 중요성이 더욱 커지고 있다.

〈그림 3〉에서 보듯이 2자 물류기업은 모기업의 물량을 기반으로 중소기업과 중소 3자 물류업체의 물량을 유치하여 선사와 운임협을 한다. 대규모 물량을 무기로 운송비용에도 못 미치는 낮은 운임으로 선사와 장기운송계약을 체결하여 대부분의 화물을 처리한다. 2016년 기준 7대 대기업 물류자회사[18]는 우리나라 전체 수출입 물동량

의 27%, 수출물동량의 42%를 처리한 것으로 조사되었다.(LoTIS, 2017)

모기업의 지원을 받는 2자 물류기업은 안정적이고 성장성이 우수한 반면 계열사와의 운임교섭력은 열위에 있어 영업이익률이 매우 낮다. 이러한 문제 때문에 선사들과의 장기계약 입찰 시 과다한 운임 인하를 요구하는 경우가 있고, 선사는 운임 인하에 따른 적자를 중소 화주에게 전가하여 수익을 보전하려는 악순환이 발생한다. 이러한 부분을 보완하기 위해 무역협회-HMM이 공동으로 중소기업 장기운송계약 지원사업을 실시하는 것은 시의적절한 조치이다.

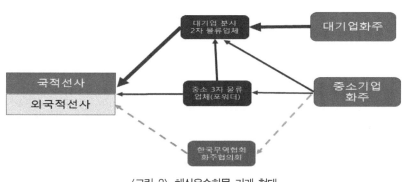

〈그림 3〉 해상운송화물 거래 형태

---

18 현대글로비스, 범한판토스(현 LX판토스), 롯데로지스틱스, 삼성SDS(물류), 삼성전자로지텍, 한익스프레스, 효성트랜스월드

맺는말

최근에 공급망 재편과 공급망 다변화가 화두가 되면서 port to port간 대량운송이 가능한 해운의 전략적 중요성이 강화되고 있다. 왜냐하면 장거리 운송에서 해상운송은 항공, 철도운송에 비해 단위 당 운송원가가 매우 저렴할 뿐만 아니라 초대형 컨테이너선박의 경우 대량수송에 절대적 우위를 가지고 있다.

한국은 수출주도형 국가로 무역의존도가 70%에 이를 정도로 매우 높다. 수출기업들의 글로벌 공급망 관리를 지원할 물류기업이 없었다면 무역 규모의 비약적인 증가를 상상하기 어렵기 때문에 글로벌 물류기업으로서의 해운기업의 역할은 아무리 강조해도 지나친 것이 아니다. 특히 국내 수출화물의 상당부분을 가지고 있는 대기업 물류자회사인 2자 물류업체와 선사와의 신뢰관계가 형성되지 않으면 해운과 글로벌 물류기업의 성장과 발전이 요원해진다.

한국무역협회, KITA.NET, 2023. 8. 4.

12
국내 컨테이너 선사들의 합병이 위기타개와 경쟁력 확보방안이 되는가?

들어가며

리먼 사태이후 장기적 해운불황으로 세계 8위와 세계 15위의 컨테이너 선사인 한진해운(선복량 608,459TEU)[19]과 현대상선(선복량 377,705TEU)[20]이 창사 이래 최대의 위기를 맞고 있다. 같은 시장 불황에도 세계 1위의 컨테이너 선사인 Maersk사는 2012년 적자에서 흑자로 전환된 반면 한진해운과 현대상선은 극심한 부진 속에 현재까지 어려움을 격고 있다. 한진해운의 경우 2014년 2분기이후

---

19 2017년 2월 17일 파산함.
20 2020년 3월 사명을 현대상선에서 HMM(HMM Co. Ltd., 에이치엠엠)으로 변경함.

영업이익이 적자에서 흑자로 전환되었고, 2015년 1.2분기에 각각 영업흑자를 기록하여 미흡하나마 개선의 조짐이 보이는 반면, 현대상선의 경우 구조조정과 자산처분에도 불구하고 영업수지의 개선 기미가 보이고지 않고 있다.

해운산업은 2014년 346억 달러의 운임수입을 가득하여 서비스수지의 30% 이상을 담당하고 있으며 철강, 조선, 금융 등 연관산업의 발전에 기여가 큰 산업이다. 그러나 글로벌 금융위기로 촉발된 세계 경제의 침체, 해운 호황기에 발주되어 시장에 투입된 선박의 공급과잉, 초대형 컨테이너선의 시장 진입 등으로 운임 회복의 단초가 제공되지 못하고 있다. 더욱이 세계 해운시장의 최대 고객이며 연 9% 이상의 높은 경제성장률을 유지하고 있던 중국이 2012년 성장률이 7.8%로 하락하였다. 2015년 3분기 이후 7%의 벽이 무너지면서 중속 성장의 시대인 뉴노멀로 진입하여 불황의 늪이 점점 깊어지고 있다.

최근 세계 6위와 7위의 중국 컨테이너 선사인 COSCO와 CSCL의 합병이 가시화되고 있고, Maersk와 CMA-CGM의 APL에 대한 인수 경쟁이 치열해지면서 글로벌 대형선사간 인수합병의 광풍이 다시 휘몰아치고 있다. 이 시점에 지속적인 영업적자로 경영적·재무적 측면의 위험이 커진 한국의 양대 컨테이너 정기선사에 대한 강제합병설과 현대글로비스의 현대상선 피인수설이 신문 기사화되면서 정부의 구조조정 방향에 대한 업계의 논란이 커지고 있다. 따라서 선사 간 합병이 글로벌 경쟁력을 강화시킬 뿐 만 아니라, 수익구조를 개선할 수 있는 구조조정 방향인지에 대한 분석이 요구된다.

해운기업 합병의 동인

일반적으로 기업 간 합병 또는 인수를 추진하는 동기는 여러 가지가 있을 수 있다. 현재 논의되고 있는 컨테이너 정기선사간 합병은 선사의 대형화를 통해 글로벌 선대경쟁력 및 항로경쟁력을 확보하고 경영효율을 개선함으로서 비용경쟁력을 제고하는 것이다. 이를 통해 현재 적자에 허덕이는 선사의 수익구조를 개선하고자 하는 동기를 가지고 있다. 그러면 과연 양대 컨테이너 정기선사의 합병 또는 현대상선과 현대글로비스의 합병을 통해 주 채권은행과 업계가 기대하는 결과를 얻을 수 있는 지 객관적으로 분석해 볼 필요가 있다.

현재 한진해운과 현대상선의 컨테이너선 선대 구성을 비교해보면 한진해운의 경우, 보유중인 100척의 컨테이너선박 가운데 자가 선박(국취부나용선, 자기자본취득, 일반나용선 포함)과 정기용선 선박의 비율이 39% 대 61%로 구성되어 있다. 이 가운데 주로 아시아 역내에 투입되는 규모인 5,000TEU 미만의 선박이 46척으로 전체의

46%를 점하고 있으며, 주요 간선항로에 투입하기에는 역부족인 5~7,000TEU 미만 선박은 20척으로 20%를 점유하고 있다. 주요 간선항로에 투입될 수 있는 7,000TEU 이상의 선박은 총 34척으로 구성되어 있으며, 이 가운데 선박대형화 추세에 부응하는 10,000TEU 이상의 선박은 전체의 14%인 14척으로 구성되어 있다. 한편 39척의 자사 소유 선박 가운데 7,000TEU 미만이 23척으로 전체 자사 소유 선박의 약 60%를 점하고 있으며 7,000TEU 이상이 16척으로 약 40%의 비중을 보이고 있다. 그 중 10,000TEU 이상의 선박은 11척으로 전체의 28.2%를 차지하고 있어 대형화 추세에 어느 정도 부응하는 구조를 가지고 있다. 그러나 정기용선 의존도가 높아 시황에 관계없이 정해진 용선료를 지급해야 하는 구조적 취약성과, 높은 선가를 지불하고 신조선을 발주해야 하는 상황이기 때문에 중장기적으로 글로벌 경쟁력을 유지하기는 어려운 구조이다.

한편 현대상선은 총 56척의 컨테이너선을 보유하고 있으며 이 가운데 자사 소유 선박은 24척으로 43%, 정기용선이 32척으로 57%의 비중을 보이고 있다. 아시아 역내항로에 투입 가능한 5,000TEU 미만 선박은 18척으로 32.1%의 점유율을 보이며, 포지셔닝이 애매한 5~7,000TEU 미만 선박이 21척으로 37.5%의 높은 비중을 보이고 있다. 간선항로에 투입 가능한 7,000TEU 이상은 17척이며 이 가운데 10,000TEU 이상 선박은 9척으로 전체 선박의 16.1%의 비중을 보이고 있다. 그리고 24척의 자사 소유 선박 가운데 7,000TEU 미만 선박은 16척으로 자사 소유 선박의 66.7%를 점유하고 있어 한진해운의 60%보다 약간 높은 수준이다. 7,000TEU 이상의 선박은 8척이며 이 가운데 10,000TEU 이상 선박은 4척으로 16.7%의 비중을 보여 한진해운보다 낮은 수준을 보이고 있다. 현대상선은 정기용선의 비중이 높은 5~7,000TEU 미만의 선박이 중심이 되고 있는 구조이기 때문에 중장기적인 관점에서 비용경쟁력을 회복하기 어려운 구조이다.

〈표 1〉 컨테이너선의 선대구성

단위: 척, %

		5,000 미만	5~7,000 미만	7,000~ 1만 미만	10,000~ 14,000 미만	14,000 이상	소계	계
한진해운	국취부	13	10	5	11	0	39	100
	정기용선	33	10	5	13	0	61	
	비중(%)	(46%)	(20%)	(10%)	(24%)			
현대상선	국취부	9	7	4	4	0	24	56
	정기용선	9	14	4	5	0	32	
	비중(%)	(32.1%)	(37.5%)	(14.3%)	(16.1%)			
소계	나용선	22	17	9	15	0	63	
	정기용선	42	24	9	18	0	93	
합계		64 (41.0%)	41 (26.3%)	18 (11.5%)	33 (21.2%)	0		156

〈표 1〉에 나타난 바와 같이 양대 컨테이너선사의 주력 선대는 7,000TEU 미만으로 전체의 66~70%를 차지하는 있어 대형화 추세

에 부응하지 못하고 있다. 간선항로에서 경쟁력을 가질 수 있는 10,000TEU 이상의 선박은 한진해운과 현대상선이 각각 24척, 9척을 운항하고 있지만 용선의존도(55%)가 높아 선박운용의 유연성은 가질 수 있으나 시황에 관계없이 계약된 용선료를 지급해야 하는 불리성을 가지고 있다.

또한 한진해운과 현대상선 공히 보유하고 있는 최대 선박규모가 13,000TEU이기 때문에 18,000TEU급 초대형 선박이 주종을 되고 있는 간선항로에서 비용경쟁력을 가지는 것이 용이하지 않다. 한편 현대글로비스는 컨테이너 선대를 보유하고 있지 않다.

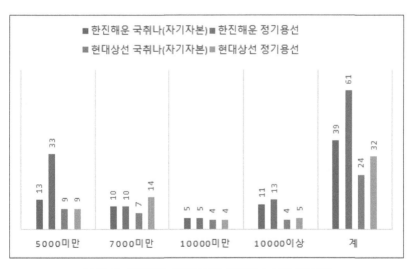

〈그림 1〉 한진해운-현대상선의 컨테이너 선대 구조(척)

현대상선, 한진해운, 현대글로비스의 선대 구조

100척의 컨테이너선대를 보유·운항하고 있는 한진해운은 총 51척의 벌크선대를 유지하고 있다. 51척 가운데 29척이 자사 소유 선박이며 22척이 용선선박으로 자사선 비중이 57%이다. 자사 벌크선의 경우 유조선이 1척, 석유제품선 6척, 살물선 10만DWT미만 16척, 10만DWT이상 5척 등 29척이며, 정기용선 선박은 유조선 1척, 살물선 10만DWT 미만 17척, 10만DWT 이상 5척 등 22척 이다. 정기용선의 22척 가운데 대부분이 10만DWT미만 살물선에 집중되어 있으며, 전체 운항 벌크선 가운데 10만DWT미만의 살물선 비중이 64.7%이다.

컨테이너선 56척을 운항하고 있는 현대상선은 자금확보를 위해 LNG 사업부문을 매각한 후, 18척의 자사 소유 선박과 53척의 정기용선 선박 등 총 71척으로 벌크선대를 유지하고 있다. 벌크선대의 정기용선 비중은 약 75%로 상대적으로 매우 높다. 자사 벌크선대는 유조선 2척, 석유제품선 4척, 10만DWT미만 살물선 2척, 10만DWT이상 살물선 10척 등으로 COA계약이 되어 있는 살물선이 자사 소유 주력 벌크 선대로 구성되어 있다. 정기용선 선박은 유조선 5척, 석유제품선 7척, 10만DWT미만 살물선 34척, 10만DWT이상 살물선 7척 등 총 53척이며 정기용선 선박가운데 10만DWT미만 살물선의 비중이 64%를 차지하고 있다.

현대글로비스는 컨테이너 선박 없이 총 80척의 벌크선대를 운영하고 있다. 80척의 선박 가운데 자사 소유 선박은 36척이며 44척은 정기용선 선박으로 정기용선 선박의 비중이 55%이다. 자사 소유 선박의 구성은 유조선 4척, 석유제품선 1척, 10만DWT 미만 살물선 2척, 10만DWT 이상 2척, 자동차 운반선 27척 등이다. 정기용선 선박은 10만DWT 미만 살물선 20척, 자동차 운반선 24척 등 총 44척으로 구성되어 있다. 현대 글로비스의 선대 구조는 10만DWT 미만의 살물선과 자동차 운반선에 특화되어 있는 매우 단순한 구조이다.

〈표 2〉 3개 선사의 선대 구조(2015. 10월 기준)

		한진해운(a)	현대상선(b)	a+b	글로비스(c)	b+c
컨테이너선	국취부나용선	39	24	63	0	24
	정기용선	61	32	93	0	32
유조선	국취부나용선	1	2	3	4	6
	정기용선	1	5	6	0	5
석유제품선	국취부나용선	6	4	10	1	5
	정기용선	0	7	7	0	7
살물선 (10만톤미만)	국취부나용선	17	2	19	2	4
	정기용선	16	34	51	20	54
살물선 (10만톤이상)	국취부나용선	5	10	15	2	12
	정기용선	5	7	12	0	7
자동차운반선	국취부나용선	0	0	0	27	27
	정기용선	0	0	0	24	24
벌크선 소계	국취부나용선	29	18	47	36	54
	정기용선	22	53	75	44	97
총 계	국취부나용선	68	42	110	36	78
	정기용선	83	85	168	44	129

자료: confidential.

〈표 2〉에서 알 수 있듯이 3개 선사 모두 벌크선대는 10만DWT 미만 살물선에 집중되어 있는 구조로, 한진해운은 33척 65%, 현대상선은 36척 51%, 현대글로비스는 22척 28%의 비중을 각각 차지하고 있다. 현대상선은 유조선 사업부문이 강한 기업으로 LNG사업부문을 매각했음에도 불구하고 18척의 원유 및 석유제품운반 선대를 유지하고 있으며, 현대글로비스는 전체 선대의 64%가 자동차 운반선에 특화되어 있는 구조이다. 따라서 자사 소유 선박을 대상으로 볼 때 현대 글로비스를 중심으로 선사 간 벌크선대의 통합은 가능한 구조이다. 한진해운은 전용선 부문이 2013년 매각됨에 따라 보완적이며 안정적인 수익기반의 상실로 컨테이너 선사의 수익가변성이 확대되어 영업적자 폭이 커졌다. 컨테이너 선사의 벌크선대 유지는 어느 정도 위험분산의 기능을 가지고 있다. 특히 한진해운과 현대상선이 보유하고 있는 벌크선의 약 40% 정도는 포스코, 한전 등과 장기운송계약(COA)이 되어있기 때문에 수익구조의 안정성을 확보하는데 기여하는 바가 크다. 현대상선의 경우에도 LNG전용선 부문을 매각함에 따라 위험분산 기능이 축소되어 선사 전체 수익성이 악화되었다.

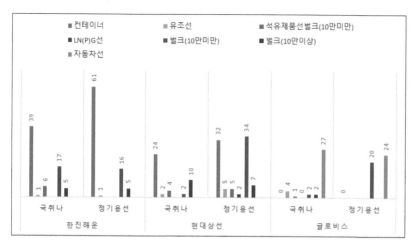

〈그림 2〉 3개 선사의 선대구조

양대 선사의 항로경쟁력

한진해운과 현대상선은 각각 CKYHE(COSCO, K-Line, YangMing, Hanjin, Evergreen)와 G6(Hapag Lloyd, APL, MOL, NYK, OOCL, HMM) 얼리이언스에 속해 있기 때문에 미주(태평양)항로에서 강점을 가지고 있는 특성을 보이고 있다. 2014년 기준 양대 선사의 컨테이너 수송실적을 보면, 한진해운은 미주항로 40.6%, 구주항로 30.2%, 아시아역내항로 24%로 나타났고 현대상선은 미주항로 39%, 구주항로 22.8%, 아시아역내항로 38.2%의 실적을 보였다.

양대 선사 모두 미주항로에 강점을 가지고 있으며, 현대상선은 아시아역내항로에서 상대적으로 우월적 지위를 유지하고 있는 반면 한진해운은 구주항로에서 우월적 지위를 가지고 있다. 이것은 〈그림 3〉에서 나타나듯이 미주항로에서는 G6와 CKYHE 얼라이언스가 2M이나 O3에 비해 강한 면모를 보이고 있는 것과, CKYHE가 구주항로에서 G6보다 높은 운송점유율을 보이는 것과 높은 상관관계가 있는 것으로 해석할 수 있다.

따라서 양 선사가 통합된다면 하나의 얼라이언스에 편입되어야한다. 그렇게 된다하더라도 열세를 보이고 있는 구주항로에서 점유율을 확대할 수 있는 기회나, 머스크가 상대적으로 강점을 가지고 있는 남북항로[21] 등에서 새로운 수익구조를 만들 수 있는 기회가 제공된다고 볼 수 없다.

〈표 3〉 항로별 컨테이너 수송 실적(2014)

	한진해운		현대상선	
	처리물량(TEU)	비중(%)	처리물량(TEU)	비중(%)
구주항로	1,376,240	30.2	754,000	22.8
미주항로	1,850,980	40.6	1,288,000	39.0
아시아역내항로	1,090,717	24.0	1,261,000	38.2
기타	234,948	5.2		
계	4,552,885		3,303,000	

자료: 각 기업 영업보고서(2014).

---

21 남북항로는 북반구에서 사하라 이남지역, 중남미, 호주/오세아니아 항로를 말하며, Maersk는 남북항로의 비중이 35% 정도임.

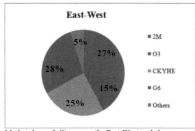

East-West

Market share of alliances on the East-West trade lanes

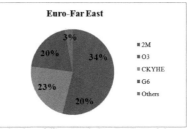

Euro-Far East

Market share of alliances on the Euro-Fast East trade lanes

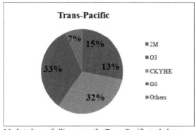

Trans-Pacific

Market share of alliances on the Trans-Pacific trade lanes

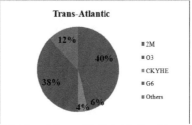

Trans-Atlantic

Market share of alliances on the Trans-Atlantic trade lanes

〈그림 3〉 주요 간선항로에서 얼라이언스의 수송점유율

자료: http://blog.cyberlogitec.com/wp-content/uploads/2015/02/Market-share-controlled-by-2M-O3-G6-and-CKYHE-alliances-on-global-trade-lanes.jpg(2015
.2.24.)

경영효율의 극대화

한국신용평가사의 자료에 따르면, 2014. 4월 기준으로 한진해운
과 현대상선의 부채비율은 각각 1,108.3%와 763.7%로 Maersk의
68.3%에 비하면 비교자체가 어려운 수준이다. 선박의 발주나 구매
를 위하여 취득가의 80%이상을 금융기관으로부터 차입하는 것과 1
개의 컨테이너 서비스망을 구축하기 위해 2조 원 이상의 자금이 소
요되는 구조를 고려하더라도 양대 선사의 재무구조는 매우 취약한

것으로 판단된다. 또한 총자본 대비 장·단기차입금과 회사채의 수준을 보여주는 차입금의존도도 매우 높은 수준이다.

특히 2016년에 만기가 돌아오는 회사채가 한진은 8,059억원(달러는 1:1,200기준) 수준이며 현대상선은 8,660억원 규모이기 때문에 특단의 조치가 취해지지 않고는 양 선사의 합병으로 재무구조가 개선되기 보다는 악화될 가능성이 높다고 할 수 있다.

〈표 4〉 양대 선사의 재무비율

	Maersk	한진해운	현대상선
부채비율(%)	68.3	1,108.3	763.7
차입금 의존도(%)	19.7	76.9	77.0

자료: 각사 공시, 한국신용평가사(2015.1), Special Report.
주) 2014. 4. 9.일 기준

한진해운과 현대상선의 매출액 변화추이를 보면, 글로벌 금융위기 후에 2012년까지 개선의 기미가 보이다가 2012년 이후 비슷한 수준으로 감소추세를 보이고 있다. 한편 한진해운의 영업이익과 당기순이익은 2013년 이후 개선의 기미가 보이는 반면, 현대상선은 회복 기미는 보이지만 회복추세가 매우 완만하여 지속적인 적자에 허덕이고 있다. 이와 같이 같이 외부 충격에 거의 비슷한 변동 추세를 보이는 기업을 합병하는 것은 위험분산 차원이나 재무구조 개선 차원에서 바람직한 방향은 아니다.

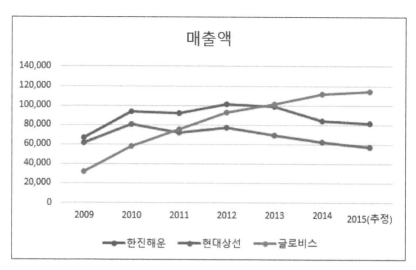

〈그림 4〉 양대 선사와 현대글로비스의 매출액 변화추이

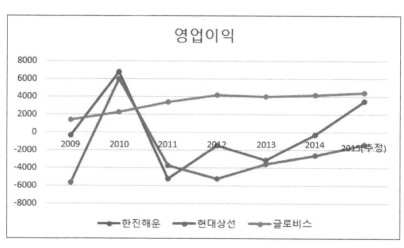

〈그림 5〉 양대 선사와 현대글로비스의 영업이익 변화추이

2012년 영업이익이 흑자로 전환된 Maersk 사의 영업이익률 변화 추이를 한진해운과 현대상선의 그것과 비교해보면 Maersk는 호황기의 이익률은 낮지만 2009년 이후 불황기시의 이익률은 한진해운과 현대상선에 비해 상대적으로 높은 것을 알 수 있다. 그 이유로 항로가 다변화되어 있는 점, 다양한 사업영역을 가지고 있는 점 등을 꼽을 수 있지만 가장 중요한 것은 호황기 때 불황기에 대비한 투자가 이루어지고 불황기에 호황기를 준비하는 노력의 결과라 할 수 있다.

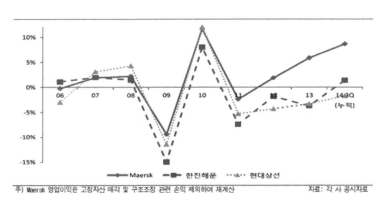

<그림 6> 컨테이너 선사의 영업이익률 변화추이

맺는말

Maersk 사는 불황기에도 빠른 회복세를 보이며 18,000 TEU급 Triple-E 초대형선박을 발주하는 등 컨테이너 운임시장을 선도하며 초대형선 경쟁에 단초를 제공하였다. 이런 기업도 세계 경제의 장기적인 침체와 운송수요가 둔화되는 환경에서 생존하기 위해 적자항로 서비스의 일시중단, 조직 경량화 등의 특단의 조치를 취하고 있다. 특히 컨테이너선 운송서비스는 얼라이언스를 중심으로 상당히 표준화·규격화되어 왔기 때문에 차별화된 서비스를 제공한다는 것이 용이하지 않다. 차별화하기 어려운 서비스일수록 저렴한 운임을 제공할 수 있는 단위당 비용경쟁력이 가장 중요한 생존요인이 된다. 비용경쟁력을 확보하지 못한 컨테이너 선사나 얼라이언스는 시장에서 도태하게 될 것이다.

컨테이너 선사의 경우 얼마나 많은 선박을 확보하고 있는가? 즉 선사의 대형화도 중요하지만 무엇보다 중요한 것은 얼마나 특정 항로에서 비용경쟁력 있는 선박을 적정하게 확보하고 있는가 하는 것이다. 선사의 대형화는 다양한 항로 및 항차 서비스를 제공할 수 있는 기회와 일반관리비의 절감 등을 통해 비용경쟁력을 일정부분 제고할 수 있다. 이러한 효과는 얼라이언스의 가입을 통해 간접적으로 누릴 수도 있다. 한편 선박의 대형화는 특정 항로에서 단위당 비용경쟁력 있는 서비스를 제공할 수 있는가 하는 문제이다. 저렴한 운임으로 운송서비스를 제공함으로써 시장 지배력을 확보할 수 있는 원천이 된다. 더불어 얼라이언스의 협력과 상호보완성을 강화시킬 수 있는 기회도 제공한다.

따라서 대형화의 문제는 합병을 통해 얼마나 비용경쟁력 있는 선박을 적정하게 확보할 수 있는가의 문제로 다루어져한다. 왜냐하면 비용경쟁력이 없는 선박을 가진 선사들을 합병하여 선사를 대형화한다 해도 시장에서의 원가경쟁력을 확보하기 어렵기 때문이다. 얼라이언스 중심으로 기항지가 결정되는 현 상황에 비추어볼 때 양대 선사의 합병에 따른 1개 얼라이언스의 선택은 글로벌 거점항만으로 지위를 유지하고자 하는 부산항에 어떤 영향을 미칠 것인지를 고려하여 그 방향이 결정되어야 한다.

선사들 간의 합병의 여부를 떠나 신조선가가 저렴한 이 시기에 컨테이너선사의 중장기적 비용경쟁력을 제고하기 위해 초대형 에코 컨테이너선을 발주할 수 있도록 해운 보증기금의 투자대상과 범위를 확대해야 한다. 아울러 조선산업 지원정책과 연계한 선사의 신조선 발주 방안이 강구되어야 한다.

해양한국, 2015. 11
코리아 쉬핑가제트, 2015. 1. 2.

13
국적 컨테이너 선사의 생존 골든타임은?

    2018년 7월 출범한 한국해양진흥공사는 총 선박량 396,000TEU 규모의 초대형 컨테이너선 20척 발주를 위해 현대상선에게 3조 1,541억 원의 자금을 지원하였다. 현대상선은 태평양항로에 투입될 초대형 컨테이너선인 15,000TEU급 8척과 유럽항로에 투입될 23,000TEU급 선박 12척 등 총 20척의 선박을 국적 조선 3사에 발주하였다. '해운재건 5개년 계획'의 일환으로 추진되고 있는 초대형 컨테이너선 발주는 현대상선이 글로벌 컨테이너 선사들과 어깨를 나란히 할 수 있도록 선사 및 선박의 대형화를 통한 경쟁력 확보 기회를 제공한다.

글로벌 컨테이너 선사들의 덩치불리기

　세계 주요 컨테이너 선사들은 초대형 선박의 발주와 경쟁업체의 인수합병을 통해 덩치를 키워왔다. 그 결과, 2012년 9월 기준 상위 5대 선사의 시장점유율이 45.4%에서 2017년 11월에 63.9%로 큰 폭으로 상승하였다. 세계 최대선사인 Maersk사는 1999년 미국의 Sea-Land사를 인수하였고, 2005년 세계 3위의 선사인 P&O Nedlloyd를 인수하여 세계 최대 컨테이너선사로 입지를 굳혔다. 특히 2017년 독일의 Hamburg Sud사를 인수합병하면서 보유 선박량 403만 TEU로 세계 컨테이너 선박의 19.4%를 점유한 초대형 글로벌 선사가 되었다. 세계 3위의 선사로 부상한 중국의 COSCO Group은 2016년 자국의 CSCL을 통합하였고, 2017년 홍콩의 OOCL을 인수하여 보유 선박량 281만TEU의 거대선사가 되었다. CMA CGM사는 2006년 Delmas, 2007년 모로코 국영선사 Comanav, 대만의 CNC, US line 그리고 2016년 APL을 인수하여 선박량 263만TEU를 보유한 글로벌 선사가 되었다. 독일의 Hapag-Lloyd 또한 2005년 캐나다 철도회사 소유 CP Ship, 2014년 칠레의 CSAV, 2016년 UASC를 합병하여 세계 5대 선사로 자리매김하였다.

　반면에 세계 2위 선사인 스위스의 MSC는 인수합병 없이 주로 신조발주를 통해 선박량을 증대시켜 세계 2위의 거대선사로 발전하였고, 대만의 Evergreen사도 1998년 Lloyd Triestino를 인수한 이후 새로운 인수합병 없이 선박확보를 통해 120만 TEU를 보유한 글로벌선사로 성장했다. 한편 일본의 3대 컨테이너 선사인 NYK, MOL, K-Line은 컨테이너 부문의 자발적 통합을 통해 보유 선박량 153만TEU 의 합작법인 ONE(Ocean Network Express)을 2018년 4월 출범하였다. ONE의 출범이 시사하는 바는, 인수합병을 통하여 선대규모를 키우는 글로벌 선사들에 대한 대응전략으로 자발적 통합을 통해 공동의 이익과 생존을 위한 규모의 경제와 상생협력관계를 창출했다는 것이다.

왜 선사들은 덩치를 키우는가?

컨테이너 해운시장에서 글로벌선사 간 인수합병이 보편화되고 있는 이유는 무엇인가? 기업 간 인수합병은 경쟁적 또는 경영적 이유 등 여러 가지가 있을 수 있다. 컨테이너 선사 간 인수합병은 그것을 통해 규모의 경제를 실현함으로써 비용경쟁력을 확보하는 것과 서비스지역의 다변화를 통해 서비스 경쟁력을 제고하는 것 등으로 요약할 수 있다. 특히 세계 8위의 컨테이너 선사였던 한진해운이 파산하면서 화주는 물론 항만 등 연계 물류업체에게 큰 손실을 끼친 상황을 고려하면, 생존이 확실한 국적 거대선사의 필요성은 더욱 커지고 있다. 은행 등 투자기업들도 대마불사의 관점에서 규모가 큰 기업을 선호하고 있고, 해운불황기에도 대형 선사가 자금을 확보하기에 상대적으로 용이하기 때문에 덩치를 키운다고 할 수 있다. 과거 글로벌 컨테이너 선사들의 인수합병은 특정 간선항로 및 피더항로의 서비스 네트워크를 강화하는 전략으로 추진되어 왔다. 그러나 CMA CGM사의 APL 인수합병, Maersk사의 P&O Nedlloyd사와 Hamburg Sud의 인수합병, 그리고 중국 COSCO와 CSCL의 합병 등은 동일시장에서 경쟁자 수를 줄이며, 선사의 몸집을 불려 규모의 경제를 실현하고자 하는 인수합병이라 할 수 있다.

2016년 IR 자료 기준으로 추정한 선사들의 TEU당 비용은 Maersk사가 1,117달러, CMA CGM 1,145달러, Hapag-Lloyd 1,153달러로 선사의 규모가 클수록 그 효과가 크다는 것을 보여준다. 또한 Drewry 자료에 의하면, 선박 크기에 따른 단위당 운송원가는 8,000TEU급 선박의 운송원가를 1,000달러로 가정하면, 10,000TEU급 선박은 930달러, 12,000TEU급 선박은 781달러, 14,000TEU급 선박은 500달러, 18,000TEU급 선박은 259달러로 선박의 크기가 커질수록 급격히 감소하는 현상을 보이고 있다. 즉 Maersk의 주력 선박인 18,000TEU Triple-E급은 현대상선의 주력선박인 8,000TEU급에 비해 우월한 비용경쟁력을 가지고 있기 때문에 초대형 선박에 대한 수요가 커지고 있다.

국적 컨테이너 선사에게 남은 골든타임은?

한국 유일의 글로벌 선사인 현대상선은 2018년 보유선박량 41만 TEU(자사선박 13만TEU, 용선선박 28만TEU)로 세계 10위권의 선사로 진입했다. 전 세계적으로 120만TEU 이상을 보유한 글로벌 선사는 7개 이다. 현대상선이 세계 5대 글로벌 선사로 도약하기 위해서는 200만TEU이상의 선박량을 확보하는 것이 요구된다. 현대상선의 용선비율을 60%로 가정했을 경우, 보유선박 200만TEU의 선사가 되기 위해서는 현재 소유했거나 소유하게 될 43만TEU 외에 추가적인 37만TEU의 선박 발주가 요구된다. 현재 발주된 선박 가운데 삼성중공업과 대우조선해양의 23,000TEU급 선박은 2020년 2분기에, 현대중공업의 15,000TEU급 선박은 8척은 2021년 2분기부터 인도될 예정이기 때문에 이들 선박이 시장에 투입되기 전에 생존을 위한 다양한 조치들이 선행되어야 한다.

특히 2M+HMM 얼라이언스는 2020년 3월 말로 계약이 종료되기 때문에 현대상선은 새로운 얼라이언스 계약을 체결해야 한다. 현대상선과 2M간의 계약은 아시아-미서한 노선은 선복교환으로, 아시아-미동안과 아시아-유럽/지중해는 선복매입형태로 계약이 되어 있어 일반적으로 상호 호혜적인 얼라이언스 협정이라 말하기 어렵다. 현대상선은 2020년 3월 선박공유협정(VSA: Vessel Sharing Agreement)으로 기존의 얼라이언스와 재계약을 추진하거나 새로운 얼라이언스에 가입해야 한다. 이를 위해 얼라이언스에게 매력적인 초대형 선박의 확보는 물론, 간선-피더항로 간 체계적인 물류네트워크를 구축하여야 한다. 부언하면 현재 진행되고 있는 한국해운연합(KSP) 선사 간 자발적인 통합이 현실화되어야 한다. 장금상선과 흥아해운의 컨테이너 부문 통합 사례가 확산되어 원양 1사와 근해 1~2사의 협력체제를 갖추고, 이들 기업에 친환경 선박의 발주를 지원하는 전략이 필요하다. 통합을 통한 운항 및 항만비용의 절감은 선박의 대형화가 주는 단위당 운송원가 절감에 상응한 효과를 얻을 수 있기 때문이다.

약탈적 해운시장에서 국적 컨테이너 선사들이 발주한 경쟁력 있는 초대형 선박과 친환경 선박이 시장에 투입되기 전에 생존을 담보할 유일한 통로는 통합을 통한 비용절감과 체계적 물류네트워크의 구축이다. 국적 컨테이너 선사들에게 주어진 생존의 골든타임은 얼마 남지 않았다. 전문가와 해운기업인들의 지혜를 모아야 할 때이다.

해양한국, 2018. 11

14
해운·물류기업의 대형화가 과제이다

들어가며

2006년 기준으로 운송업, 물류시설운영업, 물류서비스 등에 종사하는 물류기업 수는 약 16만 4,00개이며, 물류기업의 총 매출액은 제조업의 8.0% 수준으로 업체당 평균매출액을 4억 5천만 원 정도 되는 것으로 추정된다.[22] 정부는 2006년부터 제3자 물류기업(이하 3PL)의 종합화, 글로벌화, 대형화를 유도하기 위한 종합물류기업 인증 제도를 실시하고 있다. 그러나 기대한 바와 달리 인증기업을 이용하는 화주에 대한 세제지원이 미흡하여 인증 제도를 활용한 대형화 전략의 실효성에 의문이 제기되고 있다. 더욱이 인증기업 수[23]가

---

22 서훈택(2009. 1), 「물류산업의 선진화과제」, 『해양물류연구』, 한국해양수산 개발원, p.8.

증가하면서 인증제도의 도입 취지가 무색하게 되었고, 대형해운기업을 중심으로 인증이 신청될 것이라는 기대와는 달리 소형해운기업 및 운송기업, 물류기업 중심으로 단독 또는 제휴형태의 인증기업들이 보편화되고 있다.

그리고 선박을 보유하고 있는 해운기업들로 구성된 선주협회에 등록된 회원사는 2000년도 말 36개에서 2008년도 말에는 164개로 그 수가 기하급수적으로 증가하였다. 그 증가 원인은 유례를 찾아볼 수 없었던 2005~2008년의 해운호황 때문인 것으로 분석된다. 해운호황기에 투자규모를 늘렸던 해운기업들이 글로벌 금융위기로 상당히 어려운 시간을 보내고 있지만, 이런 시기를 구조조정의 기회로 활용하여 대형화에 대한 논의를 심도 있게 진행할 필요가 있다. 부언하면 앞으로 남은 과제는 해운기업을 포함한 물류기업들이 제조기업의 글로벌 물류활동을 체계적으로 지원할 수 있는 물류기업으로 대형화를 유도할 수 있는 방안과 추진전략을 마련하는 것이다.

왜 대형화인가?

〈표 1〉과 〈표 2〉에서 보여주듯이 2008년도 우리나라 상위 5대

---

23 2009년 말 기준으로 30개의 인증기업이 있으며, 9개는 단독으로 21개는 제휴기업으로 인증을 받음.

해운기업의 평균 매출액은 6조 3,620억원이고, 상위 5대 물류기업의 평균매출액은 1조 5,764억원으로 해운기업의 약 25%수준이다. 이것은 해외 5대 글로벌 물류기업의 2007년 평균 매출액 약 55조 5,059억원의 2.84%에 해당하는 것으로, 우리나라 물류기업의 규모가 상대적으로 얼마나 영세한가를 보여준다.

〈표 1〉 우리나라 중요 해운 물류기업의 매출순위(2008)

해운기업	매출액	물류기업	매출액
한진해운	9조 3,558억원	글로비스	3조 652억원
STX팬 오션	8조 2,673억원	대한통운	1조 8,283억원
현대상선	8조 30억원	범한판토스	1조 2,336억원
대한해운	3조 3,114억원	삼성전자로지텍	9,025억원*
SK 해운	2조 8,725억원**	(주) 한진	8,553억원

자료: 하영석(2009), 선화주간 상생전략의 모색, 선화주협의회 발표자료
*: 2007년 자료, **: 2009년 자료

〈표 2〉 세계 주요 물류기업의 매출순위(2007)

업 체 명	매 출 액
도이치포스트	96조 5,382억원
머스크	50조 1,936억원
UPS	48조 6,982억원
도이치 반	47조 5,897억원
FeDex	34조 5,097억원

자료: 부산일보(2008. 4. 25)

한편 우리나라 상위 5대 제조기업[24]의 2008년도 평균매출액은 93

조 8,822억 원으로 전 세계를 대상으로 자원 및 부품의 조달, 공급, 생산, 판매, 마케팅, 회수 체계를 갖추고 영업활동을 영위하고 있다. 최종소비자에게 전달될 제품이나 서비스를 생산하기 위해 원자재를 획득하고 변환시키고, 유통하는 과정에서 관련된 기업들의 연결 관계를 효율적이고 체계적으로 관리·운영하는 활동을 글로벌 공급사슬관리(Supply Chain Management)라고 정의할 수 있다. 대부분의 글로벌 기업들은 기업의 성공요인이 되고 있는 효율적인 공급사슬관리의 관리를 목적으로 물류기업들과 파트너십 관계를 구축하고 있다. 그러면 과연 우리나라 물류기업들은 글로벌기업들의 파트너로서 광범위하게 구축된 공급사슬을 체계적이며 원활하게 관리할 역량과 네트워크를 갖추고 있는가?에 대한 대답이 필요하다.

대외경제정책연구원의 발표자료[25]에 따르면 우리나라 기업이 글로벌 소싱 활동을 전개하는 데 가장 큰 애로요인으로 현지회사 감독비용, 운송물류비용, 규제대응비용 등을 꼽고 있다. 2008년 글로벌기업 경영자 1,644명을 대상으로 실시된 설문조사(J. Langley Jr., 2008)에서 약 89%에 해당하는 응답자들이 3PL을 활용함으로써 비용, 고정자산, 주문사이클이 감소되었고, 기업의 경쟁력을 확보하는 데 도움이 되었다는 응답하였다.[26] 이것은 글로벌 기업들이 운송물

---

24 삼성전자(주), (주) LG, SK C&C(주), SK(주), 현대자동차(주)
25 한혜정 외 3인(2007), 『글로벌 아웃소싱에 따른 한국의 과제와 대응』, 대외경제정책연구원.

류비용을 절감하고 기업의 경쟁력을 제고하기 위해 글로벌 물류활동을 지원할 수 있는 3PL이 매우 필요하다는 것을 의미한다. 무역협회가 우리나라 기업을 대상으로 설문조사한 결과에 따르면, 우리나라 기업들이 3PL을 활용하지 않는 일반적인 이유로 자사물류에 대한 만족, 3PL을 이용해도 물류비 절감이 이루어지지 않는 것, 그리고 3PL에 대한 정보부족 등을 꼽았다. 이것은 물류기업이 난립하고 영세한 결과에 기인된 것으로 해석할 수 있다. 이러한 이유 때문에 우리나라 기업들의 물류기업들과의 계약기간은 경쟁국가에 비해 상대적으로 단기적이며, 주로 가격위주의 거래관계가 형성되고 있다.

〈표 3〉 3PL 기업들의 화주와의 계약기간 비교

기간	일본	미국	한국
1년 미만	0.0%	25.0%	41.7%
1년 이상 ~ 2년 미만	10.3%		
2년 이상 ~ 3년 미만	48.3%		7.6%
3년 이상 ~ 5년 미만	37.9%	20.0%	41.7%
5년 이상	3.5%	55.0%	

※ 자료: 일본-물류신문 2006년 12월 15일자 〈06-07 일본 물류 시장 회고와 전망〉, 미국 -〈제3자 물류활성화 방안에 관한 연구〉, 한국-물류신문 2008년 6월 1일자 〈한국3PL시장 대진단-2〉

글로벌 경영활동을 영위하고 있는 제조기업들이 3PL을 이용하기

---

26 서상범(2009), 「글로벌 3PL 육성을 통한 물류산어 활성화」, 『월간교통』, 제135호. pp.12-21.

보다는 2자 물류업체를 선호하는 이유로는, 첫째로 3PL의 상대적 영세성을 꼽을 수 있다. 전술된 바와 같이 물류기업 규모의 영세성은 다양한 글로벌 물류활동을 전개하는 제조기업의 신뢰와 확신을 얻기 어렵기 때문이다. 두 번째로 3PL에 대한 의존의 두려움을 들 수 있다. 기업이 글로벌 물류활동을 3PL에게 맡긴다는 것은 기업 정보를 누출할 수 있는 위험요인이 될 수 있기 때문이다. 세 번째는 글로벌 네트워크 구축의 취약성이다. 글로벌 제조기업들은 자사보다 나은 글로벌 네트워크를 갖춘 물류기업이 있을까하는 의구심 때문에 3PL의 활용을 꺼리게 된다.

우리나라의 대표적인 물류기업인 글로비스, 범한판토스, 삼성전자로지텍은 주지하시다시피 현대자동차, LG전자, 삼성전자의 2자 물류업체로 모기업의 글로벌 물류활동을 지원하고 있다. 글로비스, 범한판토스, 삼성전자로지텍 등은 모기업의 활발한 투자, 생산증대, 해외진출에 따라 연평균 35~53%까지 성장하였다. 그러나 문제가 되고 있는 것은 모기업의 지원에 힘입어 성장한 2자 물류업체가 타 제조기업들의 물류수요에 부응하며 물류기업의 글로벌화를 선도하는 전문 3PL로 발전할 수 있을 것인가에 문제의 핵심이 있다. 일반적으로 자가 화물만을 취급하는 물류기업의 경우, 종합적이며 다양화된 물류서비스를 제공하는 데는 한계가 있을 수 있기 때문이다.

2PL의 육성방안을 제외하고, 물류기업의 대형화 전략의 하나로

자산에 기초한 물류기업(asset-based logistics provider)인 해운기업을 글로벌 종합물류기업으로 육성하는 방안을 생각해 볼 수 있다. 대형 해운기업은 글로벌 네트워크를 갖추고 있고, 다양한 지역에 지사 또는 대리점을 가지고 있기 때문에 국내·외의 항공 및 도로, 철도 운송기업은 물론, 다양한 물류기업들과 전략적 제휴그룹을 형성하여 글로벌 물류기업으로 발전할 수 있는 기반을 가지고 있다. 또 다른 하나의 방안은 네트워크에 기초한 물류기업(network-based logistics provider)을 육성하는 것이다. 이것은 정보기술기반 하에 대형화주기업과 해운기업, 항공운송기업, 철도운송기업, 물류기업 등이 공동으로 투자하여 각각의 강점과 네트워크를 공유하는 글로벌 물류기업을 만들고 이것을 통해 제조기업의 요구에 부응하는 글로벌 물류서비스를 제공하는 것이다.

나가며

제조기업의 규모가 커지고 글로벌화가 확대되면서 이들의 글로벌 물류활동을 지원할 수 있고, 10조 달러의 해외 물류시장을 공략할 수 있는 대형화된 물류기업의 육성은 우리가 해결해야 될 절대 절명의 과제이다. 대형화된 물류기업의 육성전략으로 현재의 2자 물류업체를 글로벌 3PL로 대형화시키는 것과 대규모 자산을 가진 해운기업을 중심으로 대형화된 종합물류기업을 육성하는 방안, 그리고 대형화주와 기존의 물류기업들이 연계하여 새로운 네트워크기반의 글로벌 물류기업을 육성하는 방안 등이 제안될 수 있다. 각 대형화 전략들은 나름대로 장·단점이 있기 때문에 미래 물류산업의 화두가 될 녹색물류서비스를 체계적으로 수행할 수 있고 고객의 요구 변화에 유연하고 민첩하게 대처할 수 있는 관점에서 물류기업의 대형화 전략이 수립되어야 한다.

통합물류협회, 2010. 4

15
전통과 기술과 자금을 가진 해운강국 독일

독일의 주요 도시들인 뤼벡, 함부르크, 브레멘 등은 13세기부터 17세기에 이르기까지 중세무역상인 길드의 연합체인 한자동맹(Hanseatic League)의 중심지를 구축했다. 라인강으로부터 북해와 발트해 지역을 아우르는 북대서양 도시 간 무역과 어업에 독점적 지배권을 가지면서 일찍부터 해운이 발달했다. 2015년 말 기준으로 독일은 세계 4위의 선박보유국으로 전 세계 상선대의 7.04%를 보유하고 있을 뿐 만 아니라, 세계 해운산업에 대출된 자금 약 4,000억 달러의 25%를 독일은행들이 부담하고 있을 정도로 선박금융이 잘 발달되어 있다.

전통과 전략을 가진 해운강국

독일은 한자동맹이 쇠퇴한 후 유럽의 중세 근대를 거치며 승승장구하던 전통의 해운강국인 포르투갈, 스페인, 영국, 네델란드, 프랑스 등에 비해 해양력에 뒤쳐져 있었다. 그러나 제1차, 제2차 세계대전을 겪으며 다시 해양강국으로 등장하였다. 대륙 지향적이었던 독일이 다시 해양으로 눈을 돌리게 된 것은 "우리의 미래는 바다에 있다"고 선언한 빌헬름 2세 때로 그의 집권시기인 1893년부터 상선대를 증가시켜 영국 다음으로 많은 상선대를 보유하였다. 대외 교역량도 프랑스와 미국을 능가하였다.

제1차 및 제2차 세계대전의 패배로 독일은 보유하고 있던 상선대의 대부분을 승전국에 넘겨주는 치욕을 겪었지만 빠르게 상선대를 회복하여 유럽의 무역 및 기술중심 국가로 우뚝 서게 되었다. 독일은 2014년 기준 세계 9위의 컨테이너 물동량을 가진 국가로 전세계 컨테이너 물동량 1억 7,100만TEU의 11.1%인 1천 892만TEU의 물동량을 창출하였다. 또한 2014년 973만 TEU 화물을 처리하여 전세계 15위, 유럽 2위의 항만인 함부르크항과 578만 TEU를 처리하여 유럽 4위의 항만으로 자리매김하고 있는 브레멘항을 보유한 해운국가이다.

<표 1> 독일의 지배선대 현황

	2001	2008	2015
선박보유척수	2,057	3,476	3,456
선박량(천 DWT)	32,519	104,975	120,793
자국선비중(%)	23.7	16.8	9.3
세계 순위	7위	3위	4위

자료: 해양수산부, ISL(Institute of Shipping Economics and Logistics), 독일 「Shipping Statistics Yearbook」

독일은 19세기 말 범선에서 증기선으로 이행되던 근대해운 시기에 효율성 경쟁에서 우위를 점하고 있었다. 특히 정기선의 경우에는 선박을 많은 항구에 기항시켜야 하며 대리점들을 통해 전세계에 흩어져 있는 화물과 여객을 모아야하기 때문에 경쟁이 치열하였다. 이 시기 독일의 대형정기선사들은 독일의 다른 정기선사들과 협력하여 영국의 정기선사들과 경쟁을 하였다. 제1차 세계대전 직전에 독일 선박량의 60%이상을 보유한 10개의 정기선사들이 선대 풀(pool)을 통한 단일연합체를 구성하여 타국의 선사들과 경쟁을 한 것으로 보아 대형화의 강점을 잘 활용한 경쟁전략을 가진 것으로 판단된다.

세계 5위의 독일 컨테이너 선사로 169년의 전통을 자랑하는 Hapag-Lloyd AG가 독일의 바다길을 열고 있다. Hapag-Lloyd사는 1847년 함부르크에서 설립된 하파크(Hapag)사와 1856년 브레멘에 설립된 노르드도이쳐로이드(Norddeuscher Lloyd)사가 1970년 합병하여 탄생하였다. Hapag-Lloyd사는 1998년 하노버의 TUI AG사에

인수되어 2002년 TUI AG의 자회사로 편입 되었다. TUI는 Hapag-Lloyd AG를 2009년 함부르크 시와 개인투자자로 구성된 알버트발린 컨소시엄에 매각하였다. 2012년 TUI는 추가로 주식을 함부르크 시에 양도하여 함부르크 시가 Hapag-Lloyd 지분의 37%를 가진 최대 주주가 되었다. Hapag-Lloyd사는 2014년 12월 칠레 컨테이너 선사인 CSCV를 지분교환 방식으로 합병하였고, 2016 7월 세계 10위의 컨테이너 선사인 중동의 UASC와 합병함으로써 생존과 경쟁력을 제고하기 위한 덩치 키우기에 성공하였으며 새로 출범하는 The Alliance의 대표적 해운기업이다.

기술중심의 해사 클러스터 조성과 복합운송로의 발달

또한 독일은 조선, 선박기자재, 해양플랜드, 항만산업 등 기술분야에서 유럽의 선도적인 위치에 있기 때문에 해운기업과 호혜적 발전생태계를 구축하고 있다. 해운의 경기 부침에 따라 조선 산업도 영향을 받고 있지만 기술경쟁력을 바탕으로 경영실적이 개선되고 있는 추세이다. 또한 독일은 철도, 도로, 수로, 해상 등 두 가지 이상의 운송수단을 이용할 수 있는 인프라가 잘 구축되어 있다. 복합운송은 공로 등 단일 수송수단을 이용하는 경우보다 복잡하고, 보다 수준 높은 물류 노하우를 필요로 한다. 즉, 복합운송에는 해운업자,

철도회사, 철도인프라 회사, 터미널 운영자, 운수업자, 트럭업자, 하적 및 서비스업체 등 다양한 주체들이 관여하는데, 이들 개개의 능력뿐 아니라 각 주체들의 조율 및 협력이 전체 수송품질에 영향을 미친다. 유럽 대륙의 중심에 있으며 다양한 운송수단을 가지고 있기 때문에 수요자의 요구가 다양해질수록 독일의 해상운송은 경쟁력을 가지게 된다. 특히 선박의 대형화에 따른 항만의 화물처리와 연계하여 소비자의 물류가치를 결정짓는 Last Miles 서비스에 대한 준비가 되어 있지 않으면 해상운송 자체만으로 효용이나 가치부가에는 한계에 봉착할 수밖에 없다.

해운동맹으로 해양 지배력 강화

1869년 스에즈 운하가 개통되고 유럽과 아시아지역 간 무역이 확대되면서 정기선운송이 보편화되자 정기선항로 서비스 참여자 상호간의 경쟁을 제한하고 영업권을 보호하기 위한 방안으로 해운동맹(Shipping Conference)이 결성되었다. 최초의 해운동맹은 1875년 영국과 인도간 맺어진 캘커타 해운동맹이며, 이후 주요 정기선항로에서 한 항로에 수개 또는 수십 개의 해운동맹이 결성되어 선사의 이익을 보호하였다. 특히 유럽지역 중심으로 결성된 해운동맹은 동맹의 결속력이 강한 폐쇄적 동맹으로 진입과 퇴출에 대한 의사결정이 동맹의 협의에 의해 결정되는 구조를 가진 강력한 해운 카르텔을 형성하였다.

선박금융의 강국

독일은 해운산업을 집중적으로 육성하기 위하여 KG(Kommanddit Gesellschaft) 펀드 운영과 관련된 특별법을 제정하여 선박에 대한 투자를 장려하였다. KG 펀드는 일반 개인 투자자들의 자금과 금융기관의 차입금을 모아 선박의 건조 및 운영에 투자한다. 펀드에 참여하는 일반투자자들은 대략 600~700명 정도이며 펀드 조성에는 통상 3개월 소요된다. 이와 같이 선박의 운항에 전문화된 해상운송기업과 선박 투자전문가들로 구성된 비운항 선주사를 육성하였다. 그 결과, 선박 운항과 선박의 Sales & Purchase 기능이 전문화되어 해상운송기업과 선주사와의 상생은 물론 안정적이며 협력적인 발전기반이 조성되었다.

특히 비운항 선주들은 40~50년 이상 선박소유를 가업으로 이어가는 전문화된 그룹으로 해상운송서비스를 제공하는 것보다 선박의 임대(대선)와 선박의 S&P, 선박투자컨설팅 등 다양한 형태의 비즈니스 모델을 가지고 있는 것이 특징이다. 2015년 기준 이들 비운항 선주들의 전 세계 컨테이너선 점유율은 약 49.3%로 컨테이너 정기선사들이 불황으로 선박을 확보할 만한 자금력을 가지지 못하는 상황에서 컨테이너 운송시장에서 그들의 역할이 더욱 중요해지고 있다. 독일은 약 22개의 선박펀드를 운영하고 있으며 가장 큰 펀드는 600여척의 선박을 보유하고 있는 것으로 알려져 있다. 세계 30대 메이저 선주사 가운데 독일이 약 50%를 차지하고 있으며 독일의 선주사들은 주로 컨테이너선에 집중적으로 투자한 반면, 그리스 선주사들은 주로 부정기선 영업에 이용되는 벌크선, 탱커선 등에 투자하고 있다.

한국해운조합, 2016. 11

16
한국해운의 재건 노력

무술년(2018) 새해가 밝았습니다. 황금개띠의 해에 기저에서 움직이던 해운시장이 바닥에서 벗어나 도약하는 한 해가 되기를 기대해 보면서 '원탁'의 문을 두드립니다. 2017년 뒤돌아보면, 글로벌 물류 네트워크의 중심에 있던 한진해운이 장기 해운불항의 터널을 통과하지 못하고 파산하였다. 그로 인해 시장의 신뢰를 상실한 한국 해운의 재건과 생존의 틀을 짜는 일에 정부당국과 해운인들이 힘을 합쳐 많은 노력을 기울여왔던 한 해였다. 그러나 해운기업, 화주인 수출기업, 터미널운영업체, 하역업체, 복합운송업체 등 다양한 이해관계인들로 구성된 글로벌 물류시장에서 한번 무너진 시장의 신뢰를 단기간에 회복하는 것은 용이한 일이 아니다. 다행히 정부는 해운산업의 재건을 위해 자본금 5조 규모의 한국해양진흥공사의 설립을 추진하고 있다.

한국해양진흥공사는 자본금 1조원의 한국선박해양과 자본금 5,500억원의 한국해양보증보험을 통합하고 정부의 추가 출자를 통해 3조 1천억 원 규모로 출범한 후, 시장상황에 따라 5조원 규모로 자본금을 확대할 계획이다. 동 공사는 해운산업 전담기관으로 해운금융 뿐만 아니라 해운거래 및 선사운영지원, 해운시장정보 제공 등 다양한 활동을 전개할 예정이다.

컨테이너 정기선사의 몸집불리기 경쟁

그러나 한국해양진흥공사의 가장 큰 수혜기업이 될 한국 유일의 글로벌 컨테이너 정기선사인 현대상선의 생존환경은 녹녹치 않다. 현대상선은 2016년 1.5조 원의 금융지원을 받았지만 2010년 이후 연속된 적자에서 헤어나지 못하고 있다. 특히 인수합병을 통해 몸집을 키우고 있는 글로벌 컨테이너 해운시장에서 세계 1위의 선사인 머스크사는 2017년 12월 기준 414.6만TEU의 선박을 보유하고 있다.

반면에 현대상선은 머스크사의 8.6%의 수준인 35.8만TEU의 선박을 보유하고 있기 때문에 절대적으로 경쟁열위에 있다고 할 수 있다. 전 세계적으로 선박량 100만TEU 이상을 보유한 컨테이너 선사는 6개로 대만의 Evergreen Line이 106.5만TEU로 6위에 위치하고 있다.

올 4월에 출범하게 될 일본의 통합선사 법인인 ONE(Ocean Network Express)은 보유선박 147만TEU로 글로벌 컨테이너 선사들과 경쟁할 만한 규모를 갖추었다.

AT커니사의 보고서에 따르면 현대상선이 글로벌 경쟁력을 갖추기 위해서는 2022년까지 약 10조원의 투자가 필요한 것으로 추정했다. 향후 5년 동안 초대형 선박 40척의 발주에 5조 6천억 정도를 투입하여 100만TEU 정도의 선박을 보유하여야만 현대상선의 생존가능성이 있다고 전망하였다. 현재 컨테이너 정기선 시장은 얼라이언스를 통해 서비스의 질은 어느 정도 평준화되어 있기 때문에 규모의 경제가 가장 크게 작용하는 시장인 동시에 수익이 가장 낮은 시장으로 변화되고 있다. 2014년 전 세계 컨테이너 해운 산업의 평균수익률은 3.1%에 불과하며 당분간 개선 조짐이 보이지 않고 있다.

왜 국적 컨테이너 정기선 해운이 재건되어야 하는가?

민간기업의 사업 영역인 듯 보이며 수익률이 타 산업에 비해 낮은 산업이 국가의 정책적 지원을 통해 재건되어야 할 이유가 무엇인지에 대해 정책입안자들과 국민들의 이해를 구하는 것이 무엇보다 중요하다. 컨테이너 정기선 기업의 존재 가치에 대한 국민들의 공감대가 있어야만 장기적인 전략 하에서 한국 해운의 재건을 위한 체계적 정책 추진이 가능하다.

일반적으로 수출기업의 원자재인 석탄, 철광석, 곡물, 원유 등의 운송에 활용되는 부정기선 해운은 시장의 진입과 퇴출이 자유스럽고, 상대적으로 적은 자본으로 시장에 진입할 수 있는 사적인 운송 분야이다. 반면에 수출제품 및 반제품을 주로 운송하는 컨테이너 정기선 해운은 고가의 선박 여러 척을 투입해야 서비스를 제공할 수 있는 자본집약적인 산업이다. 수출기업은 누구나 정해진 운임률로 운송서비스를 제공받을 수 있는 공적인 성격이 강한 운송서비스이다. 유럽 과 아시아간 주 1회의 서비스를 제공하기 위해 최소 10억 달러 이상의 투자가 있어야 가능하기 산업이기 때문에 시장의 진입도 힘들 뿐만 아니라 퇴출 시에 업계에 미치는 파장 또한 매우 크다고 할 수 있다.

컨테이너의 운송은 특성상 다수의 이해관계인(다수의 화주, 터미널운영업자, 복합운송업자, 하역업자 등)이 연계하여 글로벌 물류통로를 구축하고 있기 때문에 신뢰를 바탕으로 한 효율적인 물류통로의 구축에 많은 시간과 비용이 소요된다. 더욱이 2017년 무역규모 1조 달러에 재진입한 한국경제의 특성상 잘 갖추어진 물류통로를 갖추는 것은 수출제품의 경쟁력을 유지하는 한 축이 되고 있다. 무역을 통해 경제성장을 견인해온 우리나라의 산업 구조상 잘 갖추어진 글로벌 물류통로가 없다면 수출 1조 달러를 넘어 2조 달러의 달성이 가능할 것인가에 대한 고민이 있어야 한다.

컨테이너 정기선 해운 재건의 전제 조건

글로벌 컨테이너 선사의 단계적 재건과 지속성장을 위해 선제적으로 해결해야 할 과제들이 있다. 첫 번째로 글로벌 해상물류 통로의 중요성에 대한 정부의 인식 전환과 국민적 공감대를 확산하여야 한다. 일본 해운 3사가 해운불황의 파고를 넘기 위하여 컨테이너 사업부를 통합한 ONE을 출범시키게 된 배경에는 정부의 정책적 지원이 있었기 때문에 가능했다. 컨테이너 정기선 해운의 중요성을 잘 알고 있는 일본 정부는 산업정책에 해운분야를 포함시킴으로서 해운기업의 채무상환 연기는 물론, 이자율 인하, 폐선보조금 지원 그리고 중앙은행이 구조조정 기업의 채무를 보증하는 DIP(Debtor-in Possession Finance)제도를 마련하여 통합선사의 출범을 가능하게 하였다.

두 번째로 선사와 선박의 대형화가 추진되어야 한다. 왜냐하면 컨테이너 정기선 해운시장은 과거와 같이 서비스의 질로 경쟁하는 시장이 아니라, 정형화된 서비스를 저렴한 가격에 제공하는 것이 경쟁력의 원천이 되는 시장으로 바뀌었기 때문이다. 아울러 운송 단위당 원가를 최소화하며 IMO 환경규제에 선제적으로 대응할 수 있는 고효율 친환경 대형 컨테이너선박을 보유함으로써 원가경쟁력 우위를 유지하는 것이 요구된다.

세 번째로 조밀한 항로서비스 체계를 구축하기 위한 공동운항 및 상생전략이 요구된다. 한국의 14개 컨테이너 선사의 동맹체로 2017년 8월 8일 출범한 한국해운연합(KSP: Korea Shipping Partnership)을 더욱 활성화하여 선사 간 협력생태계를 조성할 필요가 있다. 동맹체 조직이 형식적이고 단기적인 것이 아니라 운명공동체가 될 수 있도록 참여기업에 대한 정부의 지원은 물론, 장기적인 상생협력이 가능하도록 공동운항 및 운영의 틀을 빠른 시간 내에 갖추어야 한다.

네 번째로 한진해운 사태와 같은 국가적 재난이 다시는 재발하지 않도록 공적 운송기업인 글로벌 해운기업의 경영성과를 관찰하는 체계를 갖추어야 한다. 곧 출범하게 될 한국해양진흥공사와 민간 기업인 글로벌 컨테이너 선사가 지분 구조의 조정을 통해 호황기에는 수익을 배분하고 불황기에는 위험을 분산시키는 등 도덕적 해이가 발생하지 않도록 견제와 협력이 가능한 시스템을 구축해야 한다.

한진해운의 파산으로 우려가 깊었던 부산항의 이용물동량이 2,000만 TEU를 달성하였고, BDI는 2017년 초 953에서 출발하여 2017년 말 1,588로 안정된 성장추세를 보이고 있다. IMF는 2018년 세계 경제 성장률을 전년 보다 약간 높은 3.7%로 추정하였고, 미국과 유럽의 경제성장률도 2%이상으로 예상하고 있기 때문에 BDI의 상승추세는 쉽게 꺾이지 않을 것으로 판단된다. 최근 함부르크수드사를 인수해 세계 최대 선박량을 보유하게 된 머스크사가 태평양항로안정화협정 (TSA: Transpacific Stabilization Agreement)을 탈퇴하였다. 협정탈퇴가 항로의 치열한 경쟁을 촉발시키는 계기가 되지 않기를 기대하며, 무술년 해운업계에도 무슨 일이든지 술술 풀리는 한 해가 되기를 기대해 본다.

해양한국, 2018.1

17
정부의 '해운산업재건계획'을 보며

정부는 산업경쟁력 강화 관계장관회의에서 「해운재건 5개년 계획」을 확정·발표하였다. 소 잃고 외양간까지 허무는 것이 아닌가 생각했는데 때 늦은 감은 있지만 수출대국 한국에서 해상물류네트워크의 중요성이 각인된 것 같아 다행스럽다. 세계 최대 글로벌 선사인 머스크사는 1997년 선박량 23만TEU로 한진해운의 17만 EU의 1.35배 규모로 영업력에 큰 격차가 없었다. 그러나 20년이 지난 작금에는 머스크사는 414.6만TEU를 보유한 글로벌 해운시장의 절대강자로 등극하였고, 한진해운은 파산하였다.

정부의 해운재건계획을 통해 잃어버린 해운강국의 위상을 회복할 수 있기를 기대하면서 이의 성공적 추진을 위해 간과해서는 안될 몇 가지 사항에 대하여 제언하고자 한다. 현재 정부가 추진 예정인 해운재건계획의 내용이 보도자료에 한정되어 있어 그 구체적인 내용을 알기는 용이하지 않다. 안정적 화물확보 지원방안, 저비용고효율 선박의 확충, 해운기업의 경영안정지원이 재건계획의 주요 추진과제로 볼 수 있다. 이 추진과제들이 해운기업이 체감할 수 있도록 성공적이 되기 위해서는 지원의 시기와 범위, 지원의 주체가 되는 한국해양진흥공사의 역할, 그리고 경쟁국들의 논란을 불러올 수 있는 세계무역기구의 보조금협정(WTO ASCM: WTO Agreement on Subsidies and Countervailing Measures)에 따른 분쟁의 가능성을 고려하여 추진해야 한다.

재건의 시간적 범위와 방향

현재 정부는 5개년 계획에 따라 해운의 재건계획을 수립하였다. 이 계획의 중심에는 설립예정인 한국해양진흥공사가 있다. 올 7월에 설립되는 한국해양진흥공사가 어떤 힘을 가지고 자국화물의 적취율을 높일 수 있도록 선화주간의 신뢰체계를 구축할 것인가? 하는 것이 주요 과제중의 하나이다. 정부는 선박량 100만TEU 이상을 보유한 1개의 글로벌 선사를 존치시키고, 초대형선 선박 20척 이상을 발주하여 선사의 대형화 유도는 물론, 경쟁력을 강화하고자 하였다.

그러나 이 계획이 성공하기 위해서는 안정적인 화물확보가 담보되어야 한다. 현재 12% 수준에 머물러 있는 국적 컨테이너 적취율의 개선이 없다면 23,000TEU 초대형선이 투입되고 100만TEU 이상을 보유한 대형 선사가 존치된다고 해도 해운기업들은 재무적 위험을 벗어날 수 없다. 그룹(기업집단)의 물동량에 의존하여 성장하고 있는 2자 물류기업들이 우리나라 수출 컨테이너 1,000만개의 약 80% 정도를 담당하고 있다. 이러한 현실에서 컨테이너 선사를 포함한 3자 물류기업의 경쟁력있는 발전을 기대하기 어렵다. 수송능력에 한계가 있는 2자 물류업체는 그룹의 신용도와 이미지를 기반으로 3자 물류시장에서 화물을 끌어 모은 후, 상한선을 정해 입찰한다. 해운기업은 적정운임에도 미치지 못하는 저가 운임으로 운송서비스를 제공해야 하는 환경에서 해운물류산업의 건전한 발전을 기대하기 어렵다.

정부는 현재 공정한 경쟁을 유도하기 위한 대책으로 장기운송계약 모델을 개발하고 있지만 그 핵심은 표준 선박의 정상운항비용 보전원칙이 되어야한다. 아울러 2자 물류업체의 불공정행위에 공동으로 대응할 수 있는 제도를 마련하고, 국내시장에서는 2자 물류업체의 허용물량(그룹 물량 30%)을 초과하는 타 기업 화물을 처리할 수 없도록 규제할 필요가 있다. 정부는 공공화물 운송에 대한 입찰 기준을 가격위주가 아닌 종합심사낙찰제를 도입하려는 것과 같은 맥락에서 수출컨테이너 화물이 적정배분 될 수 있는 제도적 장치가 필요하다. 현재의 어려운 컨테이너 정기선 해운시장환경을 고려할 때, 고사되고 있는 해운물류기업의 숨통을 틔워주기 위해서 우선적으로 컨테이너 화물배분 장치가 마련되어야 한다. 이와 더불어 중장기적 관점에서 화주, 선사, 조선사가 함께하는 상생펀드의 조성은 물동량확보 차원과 위험관리 차원에서 적정한 관리방안으로 평가를 받을 수 있다. 신뢰기반 하에 연관 기업 간 호혜의 서클(reciprocal circle)을 구축하는 것은 어떤 지원정책이나 제도보다 효과가 클 뿐만 아니라, 지속성장의 발판이 된다.

연관 산업과의 협력 범위

해양물류네트워크 재건사업의 핵심이 되는 컨테이너 정기선의 경우, 3개 얼라이언스를 중심으로 경쟁구도가 형성되고 있다. 과거 컨테이너 정기선은 서비스의 질이 경쟁력을 좌우하는 요소였지만, 대규모 선사 중심으로 얼라이언스가 형성되면서 서비스의 질 보다 정형화된 서비스에 대한 단위당 운송원가가 경쟁의 핵심이 되고 있다. 따라서 컨테이너 정기선 재건을 위해서는 얼라이언스에 초대될 수 있도록 일정 규모를 갖추고 초대형 선박을 가진 선사가 있어야 한다. 독자 선사가 얼라이언스에 비해 더 좋은 항로서비스를 제공하고 운항효율성을 갖추는 것은 불가능하다. 따라서 3.1조원의 자본금으로 출범하는 한국해양진흥공사가 업계의 다양한 요구를 어떻게 수용하고 조정하여 환경친화적인 초대형 선박을 선사에 제공할 것인가는 매우 중요한 과제이다. Drewry 자료에 따르면 18,000TEU급 컨테이너 선박의 단위당 비용이 8,000TEU급 선박의 25% 수준으로 초대형선박이 제공하는 비용 우위 강점을 가지기 위해서는 선박의 대형화밖에 답이 없다.

이와 함께 운영선사가 규모의 경제성을 갖출 수 있도록 글로벌 컨테이너 선사 1개와 인트라 아시아지역 1~2개의 선사로 통합·운영될 수 있는 구조개편을 적극 추진하여야 한다. 머스크사의 CEO와 업계 전문가들은 컨테이너 정기선사의 통폐합은 매우 긴급하고 그것이 생존과 직결되며, 향후 10년간 5~6개의 선사만 생존 가능할 것으로 예측하고 있다. 선사의 통폐합은 수익성이나 경영권의 문제가 아니라, 생존을 위해 반드시 실행해야만 하는 과제임을 직시하고 신속한 대처가 필요하다. 그러나 선사의 초대형선의 발주가 자칫 구조조정이 진행 중인 조선소를 지원하는 우회적 방법으로 오해받지 않도록 철저한 재건 계획을 수립해야 한다.

WTO 보조금 문제 가능성에 대비한 계획 수립

한국은 EU와 2002년 한차례 조선 보조금 분쟁으로 WTO에 제소를 당했으나, 대부분 승소하였고 수출입은행의 제작금융과 선수금환급보증의 일부에 대해 패소하였다. WTO 보조금 협정에 따르면 보조금은 정부의 재정적 기여로 수혜자에게 혜택이 부여되는 것으로 정의된다. 사실 WTO 보조금 및 상계조치에 관한 협정은 상품교역에 대한 규범이기 때문에 서비스에 지급되는 보조금은 대상에서 제외된다. EU도 1998년 WTO 사무국에 '국제운송 운항지원금 제도'는 해운서비스에 대한 보조이므로 WTO 보조금 협정의 적용 제외사항이라 하였다. 따라서 해운산업의 재건에 대한 지원은 큰 논란을 발생하기 않을 것이다.

그러나 해운재건 5개년 계획을 통한 선박발주가 조선산업의 간접적인 지원혜택으로 간주된다면 이미 2002년에 경험한 바와 같이 EU와 분쟁이 재연될 가능성이 높다. 업계와 정부가 혼연일체가 되어 추진하고 있는 해운재건 계획이 효율적인 글로벌 해상물류네트워크의 복원은 물론, 수출강국 대한민국의 밝은 미래를 열어가는 대한민국의 재도약 기회가 되기를 기대한다.

해양한국, 2018. 5

18
한국해양진흥공사의 출범을 축하하며

공사 출범의 의미는?

위기에 처한 한국해운산업의 재건과 지속적인 성장발전을 위하여 추진된 한국해양진흥공사가 설립준비를 마치고 2018년 7월 정식 출범하게 된다. 글로벌 해운경기의 침체와 한진해운의 파산으로 야기된 한국해운의 위기는 구조적 악순환의 고리를 끊지 않고서는 타개가 어렵다는 판단 하에 공사설립이 추진되었다. 문재인 정부의 첫 번째 공공기관으로 설립된 한국해양진흥공사는 한국선박해양 자본금 1조원과 한국해양보증보험의 자본금 5,500억원 그리고 정부소유 항만공사지분 1.55조 원 출자 등 총 자본금 3.1조 원으로 업무가 개시된다. 추후 필요시 추가 출자를 통해 법정자본금을 5조원으로 확충한다는 계획을 가지고 있다.

공사의 설립은 해운산업이 국가의 기간산업이라는 인식하에 정부의 해운산업 육성 의지를 강력하게 표출한 것으로 해석할 수 있다. 한국해양진흥공사법에 따라 새롭게 출범하는 한국해양진흥공사의 핵심과제는 신정부 국정과제인 '해운조선 상생을 통한 해운강국의 건설'과 '선순환적 해운 생태계의 조성'을 통해 해운기업의 글로벌 경쟁력을 강화하는 것이다.

선택과 집중을 통한 효율성 제고

해운강국의 건설을 위한 한국해운진흥공사의 주된 업무는 해운업 가운데 국적 컨테이너 선사의 경쟁력 강화이다. 이를 위해서는 선택과 집중이 요구된다. 선택과 집중이 없이는 공유지의 문제로 공사의 존재 가치를 상실할 수 있다. 현재 3개의 얼라이언스 중심으로 경쟁 구도가 형성되고 있는 컨테이너선사는 우리 수출제품의 가격 및 물류경쟁력을 결정할 수 있는 요인을 제공한다. 따라서 한국해양진흥공사는 다음과 같은 추진과제를 가진다.

첫 번째로, 글로벌 컨테이너선사가 친환경 초대형 선박을 적시에 발주하여 글로벌 경쟁환경에서 생존할 수 있는 토대를 마련하는 것이다. 18,000TEU급 컨테이너 선박의 단위당 운송비용이 8,000TEU급 선박의 25% 수준이기 때문에 초대형선박이 절대적 비용 우위를 가진다. 아울러 국적선사가 글로벌 선사들과 경쟁할 수 있는 적정 규모를 유지할 수 있도록 지원하여야 한다. 과거에는 서비스의 질이 컨테이너선사의 경쟁력을 좌우하는 요소였다. 그러나 대형 선사 중심의 정형화된 서비스를 제공하는 글로벌 얼라이언스체제가 구축되면서 단위당 운송원가가 해운기업의 핵심 경쟁력이 되고 있다. 따라서 국적 컨테이너선사가 글로벌 얼라이언스 체제에 편입될 수 있도록 대규모 선사의 육성이 필요하다. 업계 전문가들은 향후 10년 이내에 5~6개의 글로벌 컨테이너선사가 세계 해운시장을 지배할 것으로 예측하고 있기 때문에 선사의 규모를 키우는 것이 생존의 법칙이다.

두 번째로, 한국해운연합(KSP)이 1-2개 운영선사 형태의 통합체로 발전할 수 있도록 유도하는 것이 필요하다. 현재 인트라 아시아시장에서 영업하는 컨테이너선사들은 지역별 협의체를 통해 어느 정도 경쟁을 완화시키고 있지만 계속해서 시장진입을 제한할 수 있는 상황은 아니다. 인트라 아시아 시장에서 대규모 통합선사 또는 운영선사가 설립될 수 있도록 지원해야 한다. 이를 통해 글로벌 국적선사와 인트라 통합 운영선사간 Hub-Spoke 체계를 갖추어야 한다. 이것이 어렵다면 인트라 아시아시장에서 생존가능한 국적선사를 선별하여 집중 지원을 하여야한다.

세 번째로, 주요 원자재 운송을 담당하는 부정기선사는 신조선박 발주를 제외하고 기존의 산업은행, 수출입은행, 캠코 등을 통하여 금융지원이 이루어지도록 추진하는 것이 바람직하다. 진입과 퇴출이 상대적으로 자유스럽고 자금투입이 적은 부정기선사의 경우, 시장의 흐름과 분석에 정통하며 도전적이고 기업가 정신이 강한 기업인들이 시장에 참여할 수 있도록 금융보증업무에 초점을 맞추는 것이 필요하다.

선순환 구조의 해운물류 생태계 조성

글로벌 경쟁력을 갖춘 국적 컨테이너선사의 육성과 더불어 선순환적 해운물류 생태계의 조성하는 것이 해운산업의 경쟁력 확보와 지속적인 성장을 가능하게 한다. 국적 컨테이너선사의 대형화가 달성된다고 해도 선사와 화주기업 간 상생전략이 마련되지 않는 한 선사의 지속 성장가능성과 생존가능성을 담보할 수 없다. 현재 12% 수준에 머물러 있는 국적 컨테이너선사의 적취율을 40~50% 수준으로 향상시킬 수 있는 방안이 모색되어야 한다. 국적선사를 이용하는 화주에게 법인세 감면 등 세제지원 방안과 운송원가에 기초한 장기 운송계약 제도가 마련될 필요가 있다.

전 세계적으로 확산되고 있는 보호무역주의와 자국화 자국선 환경을 고려하여 선화주간 적정 적취율에 대한 합의를 도출할 필요가 있다. 특히 컨테이너선사의 건전한 발전을 위해 그룹 내 물동량에 의존하여 성장하고 있는 2자 물류기업들에 대한 규제가 요구된다. 우리나라 수출 컨테이너 1,000만 여개의 약 70~80% 정도를 담당하고 있는 2자 물류기업들이 그룹의 물동량과 신용도를 기반으로 3자 물류시장에서 화물을 끌어 모은 후, 상한선을 정해 입찰하는 제도에 대한 개선이 필요하다. 이 문제를 해결하기 위하여 정부는 장기운송계약 모델을 개발하고 있는 바, 이 제도를 도입하는 화주기업에 대한 지원책이 적극 마련되어야 한다.

아울러 2자 물류업체의 불공정행위에 공동으로 대응할 수 있는 제도를 마련하고, 국내시장에서는 2자 물류업체의 허용물량(그룹 물량의 30%)을 초과하는 타 기업 화물을 처리할 수 없도록 규제할 필요가 있다. 정부는 공공화물 운송에 대한 입찰 기준을 가격위주가 아닌 종합심사낙찰제를 도입하려는 것과 같은 맥락에서 수출컨테이너 화물이 적정배분 될 수 있는 제도적 장치가 필요하다.

또한 컨테이너선사가 주요 서비스 노선에서 통합적인 물류서비를 제공할 수 있도록 해외 거점항만의 운영권 확보와 개발에 적극 나서야 한다. 해운물류서비스 수준에 대한 평가는 운송서비스의 수준만으로 결정되는 것이 아니라 출발지에서 목적지까지의 총체적인 물류시스템 수준으로 결정되기 때문에 부가가치물류(value-added logistics)와 연계수송의 거점이 되는 항만 개발에 적극 참여하여야 한다.

기업과 소통하는 공공기관으로 발전하기를

해운산업 경쟁력 강화를 통한 해운강국을 건설하기 위하여 한국
해양진흥공사가 설립된 만큼 공사는 해운기업과 관련 단체들의 의
견을 적극 수렴하여 현실성 있는 해운산업 재건 방안과 정책들을
개발해 줄 것을 기대한다. 정부나 연구기관, 캠코 등 다른 기관과
중복되는 공사의 업무는 과감히 정리하거나 포기하여야 한다. 조직
논리에 따라 사업영역을 확대하려는 공공기관의 고질적인 병폐 때
문에 공사의 존재 이유에 혼란을 겪는 사태가 없기를 바란다. 아울
러 특정 업무에 특화된 3개의 기관이 통합되어 출범하는 공공기관
이니 만큼 통합적 리더십을 가지고 있고 해운산업에 대해 이해도가
높은 수장이 임명되어 성공적인 역할을 수행하는 공사가 되기를 기
원한다. 기관의 신뢰는 사업 수행에 대한 이해관계자들의 평가로 확
보된다. 이해관계자들과 공사간의 체계적인 호혜의 서클(reciprocal
circle)이 구축되어 해운강국 건설에 핵심적인 역할을 감당하는 한국
해양진흥공사의 모습을 상상해 본다.

해양한국, 2018. 7

19
해운재건과 해기사 양성은 동격

    정부는 장기적 해운불황과 한진해운의 파산으로 글로벌 경쟁력을 잃어가고 있는 해운산업을 살리기 위해 '해운재건 5개년 계획'을 수립하였다. 이 계획에 따라 해운재건의 중추적인 역할을 담당할 한국해양진흥공사가 2018년 7월 출범하였다. 현재까지 한국해양진흥공사를 통해 컨테이너선 20척과 벌크선 10척이 발주되었고, 한국해양진흥공사와 캠코가 협력하여 향후 3년간 컨테이너선 60척, 벌크선 140척 등 총 200여척의 선박을 발주할 예정이다.

    해운산업이 발전하기 위해서는 해운의 3대 요소인 경쟁력 있는 선박의 확보, 선적 화물의 확보 그리고 선박의 접안시설인 항만을 갖추어져야 한다. 이와 더불어 경험이 풍부한 선원의 확보는 선박의 안전운항은 물론 감항성 유지의 핵심 요소가 된다. 특히 우수한 해기사의 확보는 선박운항의 질적 우수성을 제공할 뿐만 아니라 그들의 해상경험은 해운과 연계된 물류산업 발전을 촉진할 수 있는 기회를 제공한다. 외항선이 많지 않던 시절 우수한 해기사의 배출이 우리나라를 세계 7위의 해운대국으로 성장하는 기반을 제공하였다는 것은 주지의 사실이다. 따라서 해운재건 핵심요소 중의 하나는 선원양성과 연계된 해기사 인력 양성이다. 현재 진행되고 있는 해운재건계획 가운데 우수한 선원과 해기사 양성 및 확보전략이 부재한 것은 재건계획의 문제점으로 지적된다.

전 세계적으로 상선 해기사 공급 부족현상은 가속화

BIMCO Manpower(2015) 자료에 따르면 전 세계적으로 상선 해기사(선장 및 선박직원)는 2015년 1만 6,500명, 2020년 9만 2,000명, 2025년 14만 7,500명이 부족할 것으로 추정하였다. 반면에 부원은 2015년 75만 4,500여명의 수요가 있는 반면에 공급은 87만 3,500여명으로 공급 초과 현상이 나타나고 있다. 2010년 이후 2015년까지 해기사에 대한 수요는 약 24.1% 증가하였지만 부원에 대한 증가는 약 1.0% 수준에 머무르고 있다. 이러한 현상은 해기사 채용방법과 훈련수준의 개선, 그리고 해기사의 중도 이직률 감소에도 불구하고 나타나는 현상이기 때문에 이의 해결방법을 찾는 노력이 필요하다.

부언하면 해기사의 경력에 대한 보상, 해기사 인력양성을 위한 교육과 훈련의 확대, 해기사의 매력도 제고를 위한 전략이 마련되어야 한다.

이러한 문제점을 각인 시키고자 IMO는 2008년부터 'Go to Sea Campaign'을 하나의 주요 Agenda로 정하고 해양관계자들과 함께 추진하고 있다. 이 캠페인의 목적은 소수의 젊은 인재들이 해기사로 유입되고 있는 반면, 승선 경력이 풍부한 해기사들은 육상직을 희망하는 바 이들의 이직을 최소화하여 해기사 수급의 선순환구조를 구축하고자 하는 것이다. 우리나라의 경우도 예외가 아니다.

우리나라의 선원 수는 1995년 10만 5,667명에서 2000년 5만 2,172명, 2015년 3만 6,979명으로 지속적으로 감소하여 왔고, 2016년도에는 전년대비 3.5%가 감소한 35,685명으로 추산되었다. 이 가운데 상선에 근무하는 선원은 전체의 53.9%인 19,225명이다. 상선 선원 가운데 승선 가능한 해기사는 2017년 기준 10,379명으로 전년대비 약 4.9%가 감소하였다. 특히 승선 해기사의 경우 양성기관 졸업 후 승선기간 5년 내에 약 54.9%가 이직을 하고 7년 내에 76.6%, 10년 내에 84.1%가 이직 하는 것으로 추정되고 있다.

승선 경력 해기사의 육상직 이직은 당연

선원의 감소가 두드러진 일본에서도 이 문제를 해결하기 위하여 일본재단의 지원으로 선원 직업 안정화·매력화 방안에 대한 연구를 수행하였다. 연구 결과로 선원인력의 유인과 확보를 위하여 다음과 같은 방안을 제시하고 있다. 첫 번째는 선원유인책의 개선이다. 그 실천방안으로 정부를 통한 홍보강화, 해운산업의 중요성 설파, 승선기간의 단축 등 근무환경의 개선 등을 들고 있다. 두 번째는 선원의 교육과 훈련, 그리고 지원의 확대이다. 구체적인 방법으로 선원양성기관의 기반시설 및 장비 설치, 양성기관과 해운기업간의 협력 활성화, 선원 교육기관의 장학금 설치 및 확대, 선원양성기관 졸업생의 취업기회 확대 등을 꼽았다. 세 번째는 여성사관의 양성이다. 그 주요 내용은 승선기간 단축 등 여성사관의 근무환경 개선, 소수의 여성 사관들이 업무에 잘 적응하도록 여성사관 지원시스템의 도입 등을 꼽았다. 네 번째로 정책개발과 해운시장에 대한 정보의 보급이다. 국가정책으로 선원정책을 확실히 수립하고 선원 수급에 대한 지속적인 연구 등 긍정적인 해운정보를 제공하는 것이 요구된다고 제시하였다.

현재 우리나라 상선 해기사 인력은 해양계 대학과 고등학교를 통해 매년 1,210명이 배출되고 있고 기타 한국해양수산연수원의 오선폴리텍을 통해 200여명이 배출되고 있다. 최근 한국해양대 515명,

목포해양대 535명으로 신입생이 증원됨에 따라 매년 약 1,250명의 해기사가 배출될 예정이다. 2017년 말 기준으로 예선을 제외한 우리나라 외항선은 1,022척으로 이들 선박에 승선한 해기사와 해외취업한 해기사는 8,727명이다. 2017년 기준 해기사 예비율은 10.8%로 939명의 예비원이 있고, 미취업자는 713명으로 한진해운의 파산으로 일시적으로 미취업자가 증가하였다가 감소하고 있다. 해기사 미취업율이 약 6.9%인 점을 감안해 볼 때 정부 계획에 따라 3년간 200척의 선박이 건조되고 선사들의 선대 확충이 지속되면 외견상 해기사의 부족은 없을 것으로 보인다. 그러나 승선 5년차 이직률 55%를 감안하면 승선 해기사가 부족할 것이며 이를 해결하는 것이 시급한 과제이다. 특히 육상 근로자와 해상선원간의 임금격차가 사라지고 있는 현실을 감안할 때 해기사에게 지속적인 승선을 요구하는 것은 무리이다. 오랜 기간 동안 가족과의 떨어져야 하는 승선생활은 가정의 해체를 가져올 개연성이 있기 때문에 해기전승을 요구하기는 어렵다.

차선의 유인책을 만들어야

이러한 문제를 원천적으로 해결할 수 없지만 차선책으로 다음과 같은 정책을 적극 추진하여야 한다. 첫 번째로 해기사의 장기승선을 유도할 수 있는 선원직 매력화 노력이 가속되어야 한다. 현재 300

만원인 외항선원의 근로소득 비과세 급여 범위를 확대하고 선원퇴직연금제도의 도입을 서둘러야 한다. 근로기준법 적용을 받는 육상근로자와는 달리 해기사들의 경우 단기 계약으로 승선하는 비율이 높아 퇴직금 적립이 어렵고 노후보장에 어려움이 상존한다. 두 번째로 이러한 상대적 직업안정화를 통해 미취업 대졸자들이 해기사로 양성될 수 있도록 해기사 교육 프로그램을 확대하여야 한다. 현재 한국해양수산연수원 오션폴리텍에서 제공하고 있는 단기 해기사 양성과정을 인천, 군산 등에도 설립하여 일자리를 확대할 필요가 있다. 세 번째로 승선경력이 풍부한 부원의 해기사 진입이 일반화 될 수 있도록 교육체계를 갖추는 것이 요구된다. 2017년 기준 부원의 이직률은 42.8%로 해기사의 이직률 18%보다 2.4배 높기 때문이다. 네 번째로 일정기간 승선한 해기사들이 육상직으로 전환하고자 할 때 승선경험이 사장되지 않도록 경력관리 및 전직 교육시스템을 구축하여야 한다. 선박관리업, 물류산업, 항만산업 등 승선경력이 중요한 역량이 되는 육상직에 해기사들의 진출을 체계화하는 것이 필요하다. 왜냐하면 승선경험이 육상물류업의 발전에 기여할 수 있다면 결코 해상경험이 사장되거나 해기인력이 감소되는 것이 아니기 때문이다.

해양한국, 2018. 9

20
해양수산 예산 유감

해양수산 예산 5조원 시대

2018년 해양수산부는 '해운산업 재건'을 제 1의 역점사업으로, '우리바다 되살리기와 수산업의 고부가가치화', '해양영토 수호와 해양안전 강화', '항만의 신해양산업 중심지 육성', '해양수산 신산업 육성과 일자리 창출' 등의 5가지 사업에 중점적인 투자를 계획하고 예산을 편성하였다. 예산은 부처 설립 후 최초로 5조원을 넘긴 5조 458억[27]으로 괄목할 만한 예산을 확보하였다. 2018년 예산 5조 458억 원의 부문별 내역을 보면, 해양환경 부문이 2,409억 원(4.78%), 수산부문이 2조 1,573억 원(42.75%), 해운 항만이 1조 7,644억 원(34.97%), 물류 및 기타 부문이 6,873억 원(13.62%), 해양 R&D 부

---

27   2023년 해양수산부 예산은 6조 4,333억 원임.

문이 1,958억 원(3.88%)으로 편성되었다.

<표> 해양수산부 예산 규모(억 원)

	2015	2016	2017	2018
해양수산부 예산(A) (증가율)	4조 7,050억	4조 8,778억 (3.67%)	4조 9,764억 (2.02%)	5조 458억 (1.39%)
해운항만예산(B)	1조 6,643억	1조 8,003억	1조 7,642억	1조 7,644억
예산비중(B/A)	35.37%	36.91%	35.45%	34.97%
해운(C)	424억	573억	599억	2,014억
해사(D)	2,679억	3,243억	3,153억	2,562억
항만(E)	1조 3,540억	1조 4,186억	1조 3,890억	1조 3,068억
해운비중(C/B)	2.55%	3.19%	3.40%	11.42%
해사비중(D/B)	16.10%	18.01%	17.87%	14.52%
항만비중(E/B)	81.35%	78.80%	78.73%	74.06%

자료: 각 년도 「해양수산부 예산 및 기금운용계획 개요」에서 발췌 정리

해운항만 부문 예산 1조 7,644억 원 가운데 항만 인프라 구축에 1조 3,068억 원(74.06%), 해운산업재건에 2,014억 원(11.42%), 연안운송 및 해상교통 안전관리에 2,562억 원(14.52%)이 각각 배분되었다. 해운산업 재건에 투입된 2,014억 원의 구체적인 사업내용을 보면 한국해양진흥공사 출자금 1,300억 원, 선원인력 양성 및 재교육을 담당하는 한국해양수산연수원에 409억 원, 노후선박을 친환경 고효율 선박으로 대체하는 경우 지원금 42.6억 원, 크루즈산업 활성화에 29억 원 등이다. 신규 사업으로 책정된 예산은 한국해양진흥공사 출자금 1,300억 원과 대체선박 지원금 42.6억 원 등이 있다.

전체적으로 볼 때 해운산업재건을 위해 2018년도에 투입될 예산은 2015년 424억 원, 2016년 573억 원, 2017년 599억 원에 비해 크게 증액된 예산이지만 작금의 어려운 상황을 고려할 때 해운업의 재건에 필요한 수준에 미치지 못하는 것으로 평가된다.

해운산업의 재건은 경쟁력 있는 글로벌 해운물류 네트워크 구축이 핵심

한국해운산업 재건의 중추적인 역할을 담당하게 될 한국해양진흥공사 설립 법안이 2017년 12월 29일 국회를 통과하였다. 한국해양진흥공사는 선박투자 보증, 항만터미널 투자 지원, 신박인수 및 용선 등을 수행함으로써 명실공히 한국 해운산업의 안정적인 성장기반 구축을 지원할 공적기관이다. 2018. 7월 1일부터 시행되는 「한국해양진흥공사법」에 따르면 '공사의 자본금은 5조원으로 하되 정부 등이 출자 한다'라고 명문화되어 있다. 해양수산부는 한국선박해양 자본금 1조원과 한국해양보증보험의 자본금 5,500억원 그리고 정부가 추가로 출자한 1.55조 원 등 총 3.1조 원으로 한국해양진흥공사를 출범시킨 후, 필요시 추가 출자를 통해 5조원으로 자본금을 확충할 계획이다.

그러나 정부 출자금 1.55조원을 조기에 확보하기 위해서는

2019년 예산에 최소 1조원 이상의 예산이 반영되어야만 공사의 설립 목적에 맞는 역할을 감당할 수 있다. 왜냐하면 한국해양진흥공사의 한 축인 한국선박해양 자본금의 대부분이 자금난을 겪고 있는 현대상선 지원에 투입되었기 때문에 추가적인 자금지원 여력을 가지기 위해서는 정부 출자금의 조기 투입이 절실히 요구된다. 또한 공사설립을 위해 5조원이란 대규모의 정책 자금이 투입된다 하더라도 체계적이며 효율적인 글로벌 해운물류 네트워크의 구축에는 엄청난 자금이 소요되기 때문에 자금 투입에 선택과 집중이 요구된다.

한국해양진흥공사의 설립 및 운영과 관련하여 가장 먼저 고려해야 할 것은 어떤 방법으로 어느 정도의 지원이 있어야만 글로벌 해운 시장에서 경쟁력 있는 글로벌 해운물류 네트워크의 구축이 가능할 것인가에 대한 분석이다. 아울러 글로벌 해운물류 시장과 인트라 아시아 해운물류 시장은 성격과 특성이 완전히 다른 시장이기 때문에 두 시장의 연결고리의 핵심은 상생과 경쟁력 제고에 맞추어져야 한다. 그러기 위해서는 시장 주도가 가능하며 생존가능한 기업들에 대한 선별적 선택 및 집중적 관리가 이루어져야 한다.

이와 더불어 Cape size 벌크선 1척에 4,500만 달러에 이르고, 10,000 TEU급 컨테이너 선박한 척이 1억 달러에 이르는 현실을 감안하여 노후 화물선의 대체 지원금 예산을 2018년 42.6억 원에서 대폭 증액할 필요가 있다. 이를 위해 2019년도에 추가적인 예산 확보가 요구된다.

2030 GDP 10% 달성을 위한 해양수산 예산 확보

해양수산부는 해양수산업의 GDP 기여율을 2014년 6.4%에서 2030년 10% 달성을 목표로 정책을 추진하고 있다. 특정 산업이 GDP의 10%를 점유하기 위해서는 산업특성에 따른 적절한 투자 유도와 기술개발을 위한 연구가 지속적으로 이루어져야 한다. 현재 해양수산 분야의 GDP 기여도와 미래의 시장성 및 발전 잠재력을 고려할 때, 국가 예산의 1.176%의 예산 배분은 상대적으로 부족하다고 판단된다.

국가 전체 예산은 2015년에서 2018년까지 4년 동안 약 14.28% 증가하였지만 해양수산부 예산은 2015년 4조 7,050억 원에서 2018년 5조 458억 원으로 4년간 약 7.24% 증가하였다. 정부는 일자리와 복지 확대라는 정책 목표를 달성하기 위하여 정책예산을 크게 증액하였기 때문에 2018년도를 제외하더라도, 2015년부터 2017년까지 3년간 예산 증가율을 비교해보면, 국가예산은 6.69% 증가한 반면 해양수산부 예산은 5.77% 증가에 그쳤다. 또한 국가 예산 대비 해양수산부 예산의 비중은 2015년 1.253%에서 세월호 예산이 추가된

2016년도에 1.261%로 약간 증가하였다가, 2017년 이후 지속적으로 하락하고 있다. 예산 비중이 하락하고 있을 뿐만 아니라, 해양수산부의 전년대비 예산 증가율도 2016년 이후 국가 예산 증가율보다 낮게 나타나고 있다. 해양수산부가 국정과제로 '해양수산업의 미래 산업화 및 체계적 해양영토 관리'와 '해양환경 보전과 개발의 조화'를 채택하여 수산업 및 해양산업 발전에 박차를 가하고 있더라도 투입 예산이 줄어들면 그 산출에는 한계가 존재할 수밖에 없다.

해운업과 수산업의 해양수산 분야 GDP 점유율을 보면 두 산업이 GDP의 50% 이상을 담당하고 있는 바, 지속적인 성장과 발전을 위해서 이 분야의 예산 지원을 아끼지 말아야 한다. 또한 4차 산업혁명기의 선도기술이 해양산업 분야에 활용될 수 있도록 2018년 6,185억 원 규모인 R&D 예산을 지속적으로 증액하여야 한다. 그래야만 대한민국이 해양선도국가로 미래를 담보할 수 있으며, 해양수산부의 목표인 2030년 GDP 10% 달성이 가능해 질 것이다.

해양한국, 2018. 3

21
내항유조선업 육성방안

　비록 규모는 영세하지만 통일한국시대를 대비하여 가장 효율적인 운송서비스를 제공할 수 있고, 도서지방의 유류제품수송과 국내 유류수송의 중추적 위치를 점하고 있는 내항유조선업이 존재하여야 한다. 주요 에너지 자원의 국내물류비용 절감과 미래에 예견되는 국내해운시장의 개방압력에 대비하여 어떻게 경쟁력을 제고할 수 있을 것인가에 대하여 기업차원에서, 한국해운조합차원에서, 그리고 정부의 정책차원에서 어떠한 노력과 투자가 있어야 하는 가를 살펴보았다.

　단기적으로 남북송유관 가동 시, 내항유조선기업들의 영업수지악화를 방지하기 위하여 기업주체들의 경제선의 도입과 비용절감을 위한 영업환경개선 노력이 있어야 한다. 그러나 이들을 통하여 화물을 유통시키는 사용자인 정유사들도 동업자들과 공급망관리 차원에서 그리고 하청 중소기업 보호차원에서 내항유조선업자들의 경영환경개선을 위하여 자본력에 걸 맞는 적극적인 지원이 있어야 한다. 그리고 중·장기적으로 유류제품수송과 관련하여 선주의 배상책임한도가 거의 무한대로 상승하는 국제협약 발효시에 효율적으로 대처하고, 어려운 영업환경을 개선하기 위하여 무엇보다도 먼저 내항유조선업체들의 규모의 경제를 확보하여야 한다. 이를 위해서 업체 자체의 노력과 더불어 선사간 통폐합, 선박발주 등을 지원해 주려는 정부의 의지가 표출되어야 효율적인 구조조정이 이루어질 수 있다. 따라서 정부는 운항선사를 설립하거나 통합선사를 추진하려는 업체들에게 그들의 노력에 상응하는 직간접적인 혜택을 줌으로써 성공적인 구조조정을 이루어 질 수 있도록 지원하여야 한다.

한편 내항해운 기업들의 권익을 대변하고 내항유조선업계에 산재한 문제점의 해결방향을 제시하여야 할 한국해운조합은 업계의 구조조정을 성공적으로 유도하기 위하여 내항유조선업자들을 위한 대정부교섭력을 강화하여야 한다. 정부 또한 선박량조정이나 선원수급과 관련된 권한들을 과감하게 조합에게 위임하여 경쟁력 있는 내항유조선업체가 육성될 수 있도록 지원하여야 할 것이다.

해양한국, 1995. 8

22
해기사 인력양성의 틀을 바꾸어야 한다

국내적으로 초급해기사의 5년 내 이직률이 78%에 이를 정도로 높고, 이에 따른 연쇄 반응으로 상급해기사인 일등항해사(선박직원법의 2급 항해사)의 부족이 가속화될 것으로 예상된다. 한국해기사협회의 발표에 따르면 해기사의 부족으로 2032년 국적선 1,500여척 가운데 600여척만 운항가능할 것이라고 한다. 인력 부족현상은 비단 해운업 뿐 만 아니라 SW와 화학분야의 4% 등 전 산업분야에서 공통으로 발생하는 현상이지만, 해운수산분야처럼 25-35%의 인력부족현상을 겪고 있는 분야는 없다. 해운수산분야의 인력 부족현상은 숫자를 떠나, 수출입 물동량의 99.7%를 담당하고 있는 글로벌 해상 물류통로가 막히는 혼란을 초래할 수 있음에도 불구하고 국가 차원의 주목을 받지 못하는 것이 문제이다.

모듈화된 해기교육 제공을 통해 해기사의 저변을 확대

정부는 부족한 디지털 신기술 인력과 지역 산업발전을 촉진할 수 있는 핵심인력을 수도권 대학들과 지역대학들 간의 컨소시엄형 공유대학, 지역 대학통합형 Multiversity, 지역대학 간 공유대학의 설립을 통해 육성하고 있다. 이들 인력양성 체계의 핵심은 다양한 전공을 가진 사업 참여 학생들이 초급, 중급, 고급 또는 전문, 융합, 실무인재로 구분된 개방교육과정을 통해 혁신인력을 육성하는 것이다. 사업 참여 대학들이 대학별로 특성화된 교육과정을 모듈화하여 제공하고 트랙에 따라 모듈과정을 이수하면 그 성격에 부합하는 Micro Degree를 제공하는 형태이다.

이와 같은 인력양성 모델을 참조하여 해운에 관심 있는 해양계 대학의 비 승선학과 학생들에게 모듈화된 해기교육과정을 제공하여 해기사 저변을 확대하는 것이 우선적으로 추진되어야 한다. 아울러 '지역혁신중심 대학지원체계(RISE)' 사업을 통해 지역발전의 혁신인재로서 해기사 교육과정 모듈을 제공하여 범 지역차원에서 해기사 양성 시스템을 구축하는 것이 필요하다. 왜냐하면 고등교육의 변화방향이 지역간, 대학간, 전공간 벽을 허물어 사회가 요구하는 융·복합 인재를 양성하는 것이다. 교육대학교의 사례에서 알 수 있듯이 울타리가 많은 특수목적으로 설립된 대학에 우호적인 상황이 아니다.

일본의 사례를 타산지석으로 삼아야-국외 아카데미 설립

미래를 이끌어갈 MZ세대는 업무와 일상의 균형은 유지하는 워라밸(Work and Life Balance)을 넘어 업무와 일상을 통합하여 자아를 실현하는 워라블(Work Life Blending)에 가치를 두고 직업을 선택하고 있다. 이들이 직장을 선택하거나 옮기는 주요 요인으로 근로소득, 근로시간, 고용안정성 등을 들고 있다. 이 부분이 해상에서 육상과 분리된 생활을 해야 하는 해기사의 가장 취약한 지점이 된다.

2017년 대비 2021년의 제조업의 평균 임금인상률은 15.7%로 외항선원과 외항해기사의 임금인상률 8.3%, 8.9%에 비해 약 2배 가까운 인상률을 보이고 있기 때문에 시간이 갈수록 육상과 해상의 임금 격차는 현저히 줄어 들 수밖에 없다. 외항해운처럼 국제경쟁이 극심한 분야에서 비용경쟁력은 매우 중요하기 때문에 무한정 임금을 상승시킬 수 없다. 따라서 외국적 해기인력을 효율적으로 공급할 수 있는 방안이 마련되어야 한다.

일본은 국적 해기사가 급감하던 시기인 1998년에 노사정 공동으로 필리핀에 국외 아카데미를 설립하였고, 2008년 일본상선대의 외국인 선원 비중이 94% 수준에 달하자 기업차원에서 국외 아카데미를 설립하였다. 선진국에서 인건비의 대폭적인 상승 없이 국적해기사를 증가시키는 특효 처방은 없기 때문에 국외 해기아카데미의 설립을 적극 추진할 필요가 있다.

외국대학의 국내대학 교육과정 운영을 모색

국외 해기아카데미 설립의 대안으로 생각해 볼 수 있는 것이 '고등교육법 제21조 제2항', '시행령 제13조의2'에 의거한 '외국대학의 국내교육과정 운영'이다. 동법은 외국대학에서 국내대학 교육과정을 운영하여 국내학위를 수여할 수 있도록 함으로써 국내내학의 국외 진출을 독려할 목적으로 만들어 졌다. 국내의 해양대학들이 인력수급이 용이한 필리핀, 인도네시아, 미얀마, 몽골, 중앙아시아 등지로 진출하여 외국대학교에서 국내대학의 해기 교육과정을 운영함으로써 한국친화적인 해기사를 양성하여 공급할 수 있다.

인력양성의 틀을 바꿀 골든 타임

국적 해기인력 확대를 위한 골든타임을 놓치면 현 수준의 해기인력 유지도 어렵기 때문에 해기인력 저변 확대를 위해 인력양성체계를 다양화해야 한다. 현재 엘리트 해기사 양성 중심의 특화교육에서 보편화된 해기 교육으로 교육체계를 전환하여 다양한 전공에서 해기교육을 받을 수 있도록 인력 양성의 틀을 바꾸어야 한다.

아울러 한국 친화적인 외국적 해기사 양성 체계를 갖추어 미래의 해기인력 부족상황에 대비해야 한다. 정부는 해운강국의 건설과 해기사 인력양성은 동격임을 인지하고 인력 양성체계 전환의 골든타임을 놓치지 않도록 적극 지원하여야 한다.

해운의 소리, 2023. 10. 11

23

글로벌 선사의 얼라이언스(Alliance) 해체가
화주들에게 미치는 영향

문제의 제기

세계 2위의 글로벌 선사인 머스크가 해운경기 침체에 따른 구조 조정의 일환으로 전체직원의 10%에 해당하는 1만 여명을 감원하는 조치를 단행하여 비용을 절감하겠다고 발표하였다. 이에 앞서 머스크는 2015년부터 지속된 세계 최대의 얼라이언스인 2M의 해체를 공식화하면서 2025년 1월까지만 유지한다고 하였다. 이러한 분위기에 얼라이언스 법적 틀이 되었던 '컨소시아의 독점금지법 일괄면제 규정(Consortia Block Exemption Regulation: CBER)'이 지난 10월 EU의 유럽위원회(European Commission: EC)에서 연장 불가 결정이 내려지면서 일괄면제규정은 2024년 4월 25일자로 종료된다. 유럽위원회의 결정은 침체된 정기선 해운시장에서 그나마 글로벌 선사들의 생존에 우호적인 역할을 했던 얼라이언스(CBER의 Consortia)의 해체에 대한 논의를 촉발시켰다.

얼라이언스의 장단점

유럽위원회의 CBER 연장 불허의 이유는 2020-2023년 기간 동안 CBER이 운송 이해관계인들에게 매우 낮고 제한적인 효율성과 효과성만 보였다는 것이다. 코로나 팬더믹 기간 동안 발생한 물류대란, 운임급등이 선사들의 공동행위에 기인된 것이라는 화주들의 인식하에 얼라이언스에 대한 화주들의 불만이 커졌고, 얼라이언스의 혜택이 소비자인 화주들에게 공평하게 돌아가지 못했다는 평가가 연장 불허의 이유이다.

얼라이언스에 허용된 공동행위는 선박의 공동운항을 통한 투입 선박량 조정, 기항 항만의 변경, 항만시설 및 하역설비의 공동운영, 컨테이너 장비와 시설의 공동사용, 공동사무실운영 등이다. 단 운임률 결정에 대한 공동행위는 불허된다. 이러한 공동행위를 통해 선사는 i) 공동운항으로 항차수의 증가, 신규항로 개설 등 운송서비스의 질을 개선하여 화주에게 편의성을 제공하고 ii) 공동행위를 통한 비용절감으로 낮은 운임률로 서비스를 제공할 수 있으며 iii) 다양한 형태의 공동협정을 통해 특정항로에 특화된 맞춤형 서비스를 제공할 수 있는 범주의 경제(economies of scope)를 달성할 수 있다. 이러한 장점에도 불구하고 시장이 침체될 경우 i) 임시결항(blank sailing) 등으로 화주의 운송스케줄에 피해를 줄 수 있고 ii) 기존 항로의 항차 수를 줄여 화주에게 불편함을 초래할 수 있으며 iii) 우월적 지위를 이용하여 소량화주에게 높은 운임률을 부과하는 등의 단점도 가지고 있다.

지금까지 유럽위원회는 얼라이언스를 통해 얻을 수 있는 혜택이 단점보다 크다는 판단하에 공동행위를 허용하였지만, 2024년 4월부터 EU의 항만을 기항하는 모든 선사들은 공동행위에 대해 당사국의 개별적 승인을 받아야 하는 어려움에 처하게 된다. 또한 EU의 경쟁법에 저촉되지 않도록 공동행위에 대한 법적 부담감도 커진다.

2023년 11월 기준으로 3대 얼라이언스를 구성하고 있는 선사들은 글로벌 1위부터 9위까지의 선사들로 전 세계 컨테이너 선박량의 82.2%를 보유하고 있다. 선박량 규모를 보면 2M(MSC, Maersk)이 전세계 컨테이너 선박량의 34.5%인 962만 2,542TEU를 보유하고 있고, Ocean 얼라이언스(CMA-CGM, COSCO, Evergreen)는 29.3%인 818만 8,831TEU를, 그리고 THE 얼라이언스(Hapag-Lloyd, ONE, HMM, Yang Ming)는 18.4%인 515만 7,680TEU를 보유하고 있다.

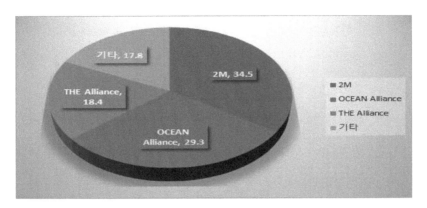

〈그림 1〉 컨테이너 정기선 얼라이언스들의 선박 보유율(2023.11월 기준)

2M의 해체 배경과 이유

2M의 해체 이유를 몇 가지로 유추해 볼 수 있지만 본질은 미래의 해운환경 변화에 대한 글로벌 선사들의 고민이 담겨있는 조치라 할 수 있다. 첫 번째는 미래 기업성장을 위한 방향성의 차이다. 머스크는 미래비전으로 2018년 'Stay Ahead'를 선포하고 기존 글로벌 선사의 영역을 탈피하여 글로벌 종합물류기업으로 발전을 도모하고 있다. 2018년 이후 머스크는 선대를 크게 증가시키지 않는 대신 육상과 항공까지 공급망 전체를 아우르는 수직 통합을 추진하고 있다. 2019년 육상물류자회사인 'Damco'의 물류서비스 부문을 흡수를 시작으로, 미국 세관통관기업 '밴디그리프트(Vandegrift)' 미국 물류기업 'Performance Team', 홍콩 'LF Logistics' 등을 인수하여 지속적으로 물류영역을 확장하고 있다.

반면에 MSC는 지속적으로 선대를 확충하여 글로벌 해상운송네트워크를 강화하는 전략을 추진하고 있다. MSC는 2020년 8월 이후 중고선 컨테이너 선박 306척, 120만 TEU를 확충하여 글로벌 1위 선사로 부상하였다. 2023년 11월 기준 791척 549만 7,954 TEU의 선대를 운영 중에 있고 13,000TEU급 LNG 추진선박 10척을 포함한 146만 7,757TEU의 신조선을 발주하였다.

두 번째는 공동행위의 경쟁법 적용면제에 대응하는 자율적 조치이다. 유럽위원회의 CBER 검토(불허)에 대한 선제적 조치로 볼 수 있으며, 미국의 '정기선의 경쟁법 적용면제 조항'에 대한 화주들의 강한 비판에 대응하는 성격도 가지고 있다. 2M이 결성되기 이전인 2014년도에 머스크는 세계 2위와 3위의 선사였던 MSC, CMA-CGM과 더불어 P3 Network을 구축하려고 중국상무성 반독금금지부에 승인을 요청하였다. 미국과 EU가 승인한 P3에 대해 중국 정부는 P3가 2014년 2분기 기준, 전 세계 선박량의 38%, 아시아 유럽간 컨테이너 물동량의 47%를 운송할 정도로 집중도와 점유율이 매우 높다는 이유로 불허하였다. 현재 2M의 세계 선박량 점유율은 34.5% 이지만, 2025년경에는 선박량 점유율이 40%에 이를 것으로 추정되기 때문에 독과점금지법에 따른 제재를 받을 가능성이 크다.

세 번째는 CBER 연장이 불허될 것을 예상함에 따른 공동행위의 복잡성 및 비용증가이다. 유럽에 기항하는 선사들 간 공동행위에 대한 협정은 EU의 경쟁법에 잘 부합하는지 스스로 평가해야 한다. 시장 점유율이 30%를 넘는 통합과 시장지배적 지위 남용에 대한 자율적 규제 등이 잘 지켜져야만 법적 위험이 해소된다. 예를 들면, 얼라이언스의 요구에 순응했던 컨테이너 터미널과의 계약에서 지위에 의한 억제, 위협 등이 있었는지 여부가 평가된다. 또한 타 선사와의 공동행위는 EU와 개별 당사국의 승인을 받아야하는 법적 부담이 있으며 그에 다른 비용 증가도 예상된다.

네 번째는 양사간 선박공유협정(Vessel Sharing Arragements: VSA)의 수준이다. 현재 2M의 공동행위에 투입되는 선대 비중이 타 얼라이언스 비해 상대적으로 낮고 느슨하다. 〈그림 2〉에서 보듯이 MSC와 머스크 간 공유협정에 투입되는 선박 비중은 각각 24%, 39%로 Ocean 얼라이언스의 54%, THE 얼라이언스의 62%에 비해 상대적으로 낮다. MSC는 머지않은 미래에 600만 TEU의 선박량을 확보하여, 얼라이언스가 제공할 수 있는 다양한 운송서비스를 독자적으로 제공할 수 있기 때문에 법적 문제가 생기는 얼라이언스를 꺼릴 수 있다.

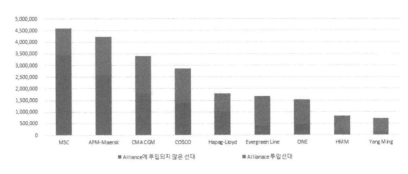

〈그림 2〉 얼라이언스 참여 선사의 VSA 선박량

자료: KMI(2023. 4), 「KMI 동향분석」에서 발췌

얼라이언스의 변화방향

2008년 운임에 대한 공동행위가 가능했던 해운동맹(Shipping Conference)이 와해된 후, EU는 얼라이언스를 통해 운임 공동행위가 배제된 선대와 항로 조정 등의 경쟁제한적 공동행위를 허용하였다. 이를 통해 운송서비스의 질 개선, 규모의 경제효과를 통한 비용절감, 범주의 경제효과에 따른 서비스의 다양화 등을 달성하여 선사와 화주가 공동으로 이익을 볼 것으로 판단하고 일괄면제(Block Exemption)를 승인하여왔다. 일괄면제 조치로 개별 공동행위에 대해 일일이 행정당국에 신고하거나 화주와 협의가 불필요했다.

CBER의 결정으로 2M의 해체는 앞당겨질 것이고, 2017년 결성된 Ocean과 The Alliance도 어떤 방식으로든 변화를 요구받고 있다. 과거의 얼라이언스가 선박공유 및 slot 교환 등을 통한 비용절감이 목표였다면 최근의 얼라이언스는 비용절감은 물론, 서비스의 질 개선을 통한 시장 점유율 확대에 초점이 맞추어져 있었다. 미래에는 소비자의 요구에 신속하게 대응할 수 있는 디지털 물류플랫폼의 구축, 탄소제로 시대에 부응하는 친환경 선대의 보유, 원양과 근해항로간의 막힘없는 연결성 확보, 법적 규제 비용의 절감 등이 공유협정의 기준이 될 것이다.

이러한 관점에서 볼 때 경쟁력 있는 글로벌 선사들은 독자적인 운항에 무게를 둘 것으로 보인다. 이들 선사는 특정지역의 근해항로에서 경쟁력이 있는 선사들과의 협력하여 서비스의 완결성을 높일 가능성이 크다. 일부 선사들은 유럽항로 서비스를 중단하거나 slot charter를 통한 낮은 수준의 서비스를 제공하는 반면, 북미항로에 중점을 두고 얼라이언스를 재편할 가능성도 있다.

앞으로 전 세계 항로를 대상으로 다수의 선사가 참여하는 얼라이언스는 사라질 것이고, 독자운영이나 특정항로에서의 양자 간 협정을 통해 화주들의 편의성과 서비스 효율성을 제고하는 공동행위가 보편화 될 것으로 예상된다. 과거로 회귀하여 특정항로에서 다양한 형태의 다수의 공유협정이 존재하고 공유협정 기반 선사 간 경쟁이 일반화될 것이다.

화주들에게 미치는 영향

공동행위에 대한 일괄면제규정이 폐지됨에 따라 현재와 같은 공동행위에는 제약이 생길 것이다. 유럽위원회는 CBER이 폐지되더라도 EU의 경쟁법 기준에 부합하는 범위 내에서 해운기업 간 협력은 가능하다고 발표하였지만, 앞으로 특정항로에서 투입선대를 감축 하거나, 임시결항 등 화주에게 불이익을 주는 공급조절행위는 어려울 것으로 판단된다.

이러한 환경변화는 운송의 안정성을 담보하여 화주의 경쟁력 강화에 도움이 되는 공급사슬망 복원 기회를 제공한다. 선사들은 화주의 공급사슬망 복원을 지원하기 위해 서비스를 차별화하는 전략적 경쟁이 심화될 수 있다. 이를 통해 화주들은 운송시간의 단축, 화주에게 우호적인 운송 스케줄의 조정 등 화주 친화적이며 효율적인 서비스를 받을 수 있다.

앞으로 새롭게 형성될 얼라이언스나 선사간 협정은 어떤 식이든 글로벌 선사들의 시장집중도를 낮추는 방향으로 진행될 것인 바, 해운시장에서의 경쟁심화로 운임하락이 장기간 계속될 수 있다. 개별 선사들은 다양한 운임률 정책을 가지고 화주들을 상대할 것임에 따라 화주들은 좋은 운임률을 제공받기 위해 더 많이 노력해야 할 것이다.

한편 선사들은 얼라이언스의 우월적 지위를 이용하여 터미널 이용료, 하역료 등을 낮추는 공동행위가 어렵기 때문에 화물처리비 등의 상승이 예상된다. 따라서 화주는 각 항만에서의 하역비 관리에 신중을 꾀할 필요가 있다. 또한 CBER의 폐지 조치는 유럽연합 내에서 적용되는 것이기 때문에 이러한 규제에 심한 압박을 느끼는 선사는 유럽항로 서비스를 철수할 수 있기 때문에 화주들의 선사 선택 폭이 줄어들 가능성이 있다. 현재와 같이 수요보다 선박 공급이 많은 화주 주도 시장일 경우에는 큰 문제가 없겠지만, 수요가 회복되어 공급이 부족하게 되면 운임이 급등할 여지가 있다.

KITA.NET, 2023. 11. 10

제2부
항만, 공항, 물류

24
글로벌 항만, 부산항의 도전과 과제

세계 6위의 글로벌 항만인 부산항은 2018년 10월까지 컨테이너 처리물동량은 약 1,749만TEU를 처리[28]하였다. 이는 전년 같은 기간 1,665만TEU 대비 약 5.1% 증가한 것이다. 특히 9.67%에 달하는 높은 환적물동량 증가율은 글로벌 경제 불안과 해결 조짐이 보이지 않는 미중간 무역전쟁의 늪에서 이룬 매우 고무적인 결과이다.

기존의 아시아 거점항만인 싱가포르, 홍콩, 카오슝 등은 환적화물의 이탈방지를 위해 시설확충에 박차를 가하고 있다. 글로벌 10대 항만 가운데 7개의 항만을 보유하고 있는 중국도 '13.5 계획'에 따라

---

28 부산항은 2022년 기준 22,071,959TEU(수출입 10,309,528TEU, 환적 11,762,431TEU)를 처리하여 Shanghai, Singapore, Ningbo, Shenzhen, Qingdao, Guangzhou에 이어 세계 7위의 항만으로 자리매김함.

상하이항, 닝보-저우산항을 환적중심항만으로 개발하고 있다. 이러한 경쟁항만들의 도전은 부산항의 환적화물 유치에 큰 위협이 되고 있다.

컨테이너선사의 전략적 연합체인 얼라이언스도 2016년 이후 4개에서 3개로 재편되었고, 상위 20위권의 선사가 11개로 통합된 것 또한 항만기항 전략에 큰 영향을 미친다. 이와 더불어 머스크의 Triple-E(18,000TEU급)를 시발로 격화되고 있는 초대형선박의 공급 증가는 항만의 기능에 스마트한 변화를 요구한다. 이러한 해운·항만환경변화에 대응하여 세계 2위의 환적항만인 부산항이 지속 성장하며 거점항만으로 생존하기 위해 어떤 준비해야 할 것인지에 대한 고민이 필요하다.

효율적인 환적 항만의 조건

글로벌 선사 간 환적패턴은 자사 및 얼라이언스 소속선사 간에 주로 이루어지고 있기 때문에 2M과 느슨한 얼라이언스 관계를 맺고 있는 현대상선을 통한 부산항의 환적화물 확대는 용이하지 않다. 2018년 10월말 기준 부산항 11개 터미널의 처리 물동량은 전년 대비 약 5.1%의 증가율을 보이고 있다. 그러나 얼라이언스 유치 실패 후 현대상선의 물량에 전적으로 의존하는 부산 신항 4부두는 4.8%

의 물동량 감소율을 보이고 있고, 영업 지속성이 불투명한 부산 자성대부두 또한 8.9%의 물동량 감소율을 보이고 있다.

이 현상은 글로벌 해운시장을 삼분하고 있는 얼라이언스의 지원이 없이는 환적화물의 유치가 용이하지 못함을 보여준다. 더욱이 부산항의 Hub & Spoke 전략의 일환으로 추진 중인 글로벌 선사와 국적 인트라아시아 선사 간 환적화물의 비중확대는 성공적이지 못하다. 2006년 24.7%의 비중을 보였던 인트라아시아 선사의 환적화물 비중이 2016년 15%, 145만 TEU로 대폭 감소하였다.

한편 2016년 중국 및 일본항만과 연계된 부산항의 환적물동량은 410만 TEU로 전체 환적화물의 42.4%를 점유하고 있을 정도로 그 비중이 높다. 이러한 관점에서 부산항이 거점 환적항만으로 성장세를 유지하기 위해서는 몇 가지 조건이 충족되어야 한다.

첫 번째로 간선항로에 투입되는 초대형 선박의 증가에 따라 기항 항만의 최소화전략이 추진될 것인 바, 이에 대응하여 초대형 선박에 적합한 하역 및 연계수송체계를 갖추어야 한다. 체계적인 연계수송 시스템의 구축으로 항만적체를 줄이고 효율적이 라스트마일 서비스가 제공될 수 있도록 물류체계를 갖추어야 한다.

두 번째로 항만 내 터미널 간 환적화물의 이동 시간과 비용을 최소화시킬 수 있도록 터미널 운영을 체계화시키는 것이 필요하다. 이를 위해 터미널의 운영사를 통합하는 것이 필요하다. 현재 11개인 운영사를 4~5개로 통합하는 것이 요구된다.

세 번째로 부산항에 기항하는 글로벌 선사의 다양성이 있어야 인트라아시아 선사의 환적물동량을 확보가 용이하다는 전제하에, 현대상선이 2M+HMM에 존속하며 안정적으로 얼라이언스 화물을 유치할 수 있도록 정책적으로 지원해야 한다. 세계 최대 선사인 머스크의 항로별 선박 투입현황을 보면 아시아-북미항로 13.8%, 아시아-유럽 19.0%, 중남미 22.5%, 중동 11.9%, 아프리카 13.9% 등으로 다변화되어 있는 반면, 아시아계 선사인 COSCO, Evergreen, ONE, YangMing 등은 아시아-북미, 아시아-유럽 등 간선항로에 60% 정도의 선박을 투입하고 있다. 현대상선은 아시아-북미 33%, 아시아-중동 48%로 두 항로에 서비스가 편중되어 있다. 따라서 항로다양화를 위해 유럽선사와 전략적 제휴가 절실히 요구된다.

네 번째로 글로벌 선사와 인트라아시아 선사 간 환적물동량 증가를 위해 부산 신항에 피더 전용부두를 설치해야 한다. 부산 북항에 기항하는 대부분의 인트라아시아 선사들은 환적에 따른 추가비용 때문에 서비스경쟁력을 상실하고 있다. 이와 더불어 항만 간 피더요율을 최소화할 수 있도록 북중국 및 일본 중소형 항만, 그리고 신남방정책에 발맞추어 대형 선박의 직기항이 어려운 동남아시아 중소형 항만과 부산항간의 연계운송서비스를 강화해야 한다.

항만자동화를 넘어 스마트 항만으로 전환

2018년 기준으로 시장에 투입된 15,000TEU급 이상 선박은 약 1,675척이며 2019년 2,115척으로 증가할 것으로 추정되고 있다. 특히 2017년 까지 시장에 공급된 18,000TEU급 이상 선박은 35척이며 2020년 까지 추가로 72척의 선박이 인도될 것인 바, 이에 대한 대비가 요구된다. 초대형 선박은 동서 간선항로에 집중적으로 투입될 것이기 때문에 이 항로상에 있는 항만의 스마트화가 요구된다.

스마트 항만은 사물인터넷(IoT), 빅데이타(Big Data), 인공지능(AI), 가상현실(VR), 로봇 기술 등을 융합하여 항만내외에서의 물류 흐름을 자율적으로 최적화하는 항만을 의미한다. 스마트 항만이 되기 위해서는 광범위한 터미널자동화는 물론, 친환경 에너지고효율 항만으로 탈바꿈하여야 한다. 배후도시와 연계성 강화를 통해 체계적인 공급사슬망도 갖추어야 한다. 터미널 간 화물정보에 더하여 교통망, 운송수단, 이동 화물 정보 등 다양한 정보의 공유가 전제되어야 스마트화가 가능하다. 또한 선박기술 수준, 항만 시설 구조 등 전반적인 해상물류체계를 고려하여 육상과 유기적으로 연동되는 항만이 되어야 한다.

그러나 부산항은 스마트 항만의 첫 단계인 자동화 항만에도 미치지 못하는 반자동화 항만 수준에 머물고 있다. 일찍이 항만자동화를 추진해온 유럽의 로테르담항, 함부르크항 등은 유인 하역작업을 제외한 대분의 작업이 무인으로 진행되는 완전자동화 체계를 갖추고 있으며, 자율운항선박이 접안하여 화물을 처리할 수 있는 스마트 항만으로의 발전을 도모하고 있다. 2017년 6월에 개최된 제98차 국제해사기구(IMO) 해사안전위원회에서 자율운항선박을 MASS(Maritime Autonomous Surface Ship)로 규정하고, 상용화를 위한 기술개발과 실험운항을 유도하고 있다. 특히 롤스로이스사와 구글이 손잡고 개발하고 있는 자율운항선박은 선박에 자율자동차의 기술을 접목한 것으로 2035년경 실제 운송서비스에 투입할 계획이다.

해양수산부도 이러한 추세에 따라 2018년 업무계획에 국가물류체계 혁신을 위한 스마트항만 개발에 적극 나서고 있다. 자율운항선박이 정박할 수 있으며 초고속 해상통신망을 기반으로 실시간 화물관리, 원격제어, 위치 추적이 가능한 스마트 해상물류체계 구축의 핵심은 스마트 항만이다. 따라서 야드 부문만 자동화 설비를 갖춘 부산항은 자동화를 넘어 친환경스마트 항만으로 변신하기 위한 투자가 이루어져야 한다. 막대한 자본이 투입되는 스마트 항만 구축사업은 선박의 대형화와 자율운항이 확대될수록 그 가치를 더할 것으로 판단된다. 초대형 선박들은 시간당 500TEU를 처리하지 못하는 비효율적이며 체항시간이 긴 항만의 기항을 기피할 것이기 때문이다.

해양한국, 2018. 12

25
포스트 차이나(Post-China) 시대를 준비하자

3년 이상의 지루한 협상을 끝내고 한국과 중국 간의 자유무역협정(FTA: Free Trade Agreement)이 지난 2015년 12월 20일 공식 발효되었다. 이에 따라 대 중국 교역의 선봉에 있는 인천항은 새로운 전기를 맞이하게 되었다. 그러나 중국이 두 자리 수 이상의 성장률을 보이던 고속성장시대를 지나 6~7%의 성장률을 보이는 중속성장 시대가 뉴노멀(신창타이)로 정착되고 있다. 중국의 경제성장에 따른 물동량 변화에 지대한 영향을 받는 인천항의 경우 안정적인 물동량 확보와 항만의 지속성장 차원에서 신 성장전략의 수립이 요구된다.

현재 인천항과 경쟁적인 위치에 있으며 우리나라 컨테이너 처리 물동량 2위의 항만인 광양항은 대 중국 수출 물동량 비중이 2000년 20%에서 2015년 24%로 큰 변화가 없는 반면, 인천항의 대 중국 수출 비중은 2000년 35%에서 2015년 64%로 급성장하였다. 이러한 양 항만간의 격차는 지리적인 요인과 중국의 수입수요 품목 변화에 기인된 바가 크지만, 중국의 경제성장률 변동에 따라 인천항의 수출 물동량 부침이 커질 수 있는 개연성을 보여준다.

이러한 중국 의존성을 낮추기 위해 매년 5%의 이상의 높은 GDP 성장률을 보이며 새로운 수출시장으로 부상하고 있는 ASEAN 국가들 가운데 중국을 대체할 수 있는 국가군에 주목할 필요가 있다. 베트남, 인도네시아, 말레이시아, 태국을 포함하여 새로운 세계의 생산국가로 부상하고 있는 인도 등 포스트 차이나 국가들과 긴밀한 협력체계를 구축하는 신 성장전략을 수립할 필요가 있다.

2014년 기준 9,340만 명의 인구를 가진 베트남은 전체 인구의 50% 이상이 30대 미만의 젊은 국가이고, 한국의 대 베트남 투자규모가 72.3억 달러에 이를 정도로 한국 긴밀한 경제협력관계를 구축하고 있다. 인도와 인도네시아의 인구는 각각 12억 2,080만 명과 2억 5,112만 명으로 세계 2위 및 4위의 인구대국이며, 태국은 일본의 자동차 공급사슬의 큰 축을 형성하고 있는 국가이다. 말레이시아 또한 이슬람 금융의 지원 아래 높은 경제성장률을 보이며 새로운 소비시장으로 부상하고 있다.

2015년 기준 이들 포스트 차이나 국가에 대한 인천항 수출물동량의 비중은 14%, 수입물동량 비중은 23% 수준으로 중국 64%, 58%

에 비해 상대적으로 낮다 그러나 항만영향권(foreland)의 다변화와 미래성장성을 고려하여 이들 시장에 대한 서비스역량을 강화할 필요가 있다. 인천항의 대 중국 의존도를 줄이고 안정적이며 균형적인 발전을 위해 인천항은 포스트 차이나 국가들에 대한 항로서비스를 다양화·체계화하여야 한다. 또한 이들 지역에 대한 연계 물류서비스망 구축 등 서비스 경쟁력을 제고할 수 있도록 항만당국, 선사, 수출기업 간 공동의 노력과 협력이 요구된다. 더불어 인천항 배후 물류단지 입주기업 선정 시 이들 국가에 수출확대가 가능한 기업들을 배려하는 전략 등이 필요하다.

2008년 OECD 보고서에 따르면 세계 상위 20대 인구밀집 대도시 가운데 13개 도시가 항만을 끼고 있는 항만도시인 것으로 조사되었다. 인천시가 인천항을 중심으로 세계적인 항만도시로 성장·발전하기 위해서는 항만물동량의 지속적인 확대창출과 더불어 세계의 도시들과 문화교류를 확대하는 것이 필요하다. 인천이 진정한 글로벌 항만도시가 될 수 있도록 항만의 확장으로 인해 발생되는 환경오염, 교통체증, 소음 등의 문제를 슬기롭게 해결하는 것은 물론, 지속적·안정적 항만물동량의 창출기반을 갖출 수 있도록 인천시민과 모든 이해관계자들의 지혜를 모아야 한다.

인천항만공사, Together, 2016. 7. 28

26
유라시아 횡단철도 꿈의 실크로드인가

　한반도에서 유럽까지 철도로 연결하여 물류대통로를 구축하는 유라시아 대륙횡단철도에 대한 국민적 관심이 증폭되고 있다. 과연 유라시아 대륙횡단철도와 철도페리시스템 구축이 과연 한반도를 동북아 물류허브로 자리잡도록 기회를 제공할 수 있을 것인가. 현 정부는 부산항과 인천항, 광양항을 경제자유구역으로 지정하여 외국인 투자와 화물을 유치함으로써 우리나라를 동북아 비즈니스·물류 중심지로 발전시키는 전략을 추진하고 있다.

　또한 환적화물 유치와 다양한 운송로 확보를 위해 한반도 종단철도(TKR)와 중국횡단철도(TCR), 시베리아횡단철도(TSR)를 연결하는 '꿈의 유라시아 철도운송시스템'을 구축하기 위해 노력해왔다.

철도페리는 이미 많은 연구결과에서 밝혀진 바와 같이 우리나라 서해안 항만과 중국 북동해안 특정 항만간에 약간 경쟁우위를 보이고 있지만 높은 환적비용과 시장수요 측면에서 환적화물 유치에 적합한 운송시스템으로 평가받지 못하고 있다. 반면 유라시아 횡단철도가 완공되면 부산항에 도착한 환적화물이 철도를 통해 아시아 각 지역은 물론 유럽의 대서양 연안까지 일관수송이 가능하다. 또한 철도연결을 통해 한반도 긴장완화를 도모할 수 있고, 북방교류를 촉진할 수 있는 기회를 맞을 수 있다.

그러나 유라시아 횡단철도가 우리나라 동북아 물류거점화 전략을 실현하는 데 도움이 되기 위해서는 선결되어야 할 과제가 있다. 첫째로 부산항과 광양항이 유라시아 철도 운송서비스 제공이 가능한 상하이 양산항이나 톈진항보다 우수한 항만경쟁력을 갖추어야 한다. 왜냐하면 이들 경쟁항만도 환적화물 유치를 위해 많은 노력을 기울이고 있고, TCR-TSR 이용 환적화물이 증가하게 되면 이들 화물 유치경쟁에 뛰어들 여지가 크기 때문이다.

또한 항만경쟁력 측면에서 경쟁항만들의 정성적인 요소들이 평준화한다고 가정하면 정량적인 면에서 상하이 양산항이 유라시아 철도의 기종점으로 부산항보다 경쟁력이 있는 것으로 평가되고 있다. 2006년 부산항 컨테이너 처리량은 1,204만TEU였으며 그 중 43.3%인 520만TEU가 환적화물이었다. 이 가운데 유라시아 철도를 이용할 가능성이 있는 유럽·중동지역을 기종점으로 하는 환적화물은 부산항 환적화물 중 3.1% 수준인 16만TEU에 불과하다. 따라서 우리나라 항만경쟁력을 제고하여 유럽 기종점인 환적화물을 유치하기 위한 전략이 개발돼야 한다.

둘째로 철도연계의 편리성이 확보되어야 한다. 항만과 철도간 연계작업 원활화는 물류비용과 운송시간에 지대한 영향을 미친다. 전용부두, 항만배후단지, ICD 등 국제물류거점시설에 철도인입선 부설은 물론 컨테이너 연계하역작업 효율화를 위한 시설과 장비가 자동화되어야 한다. 특히 국내적으로 선로용량 부족으로 철도운송물량 확대가 어려운 점을 감안할 때 노후한 철도에 대한 보수와 새로운 우회 철도 건설이 추진되어야 하고, 철도화물처리를 위한 용지도 충분히 확보하여야 한다.

셋째로 북한의 유라시아 횡단철도 노선의 철도 현대화에 소요될 자금에 대해 충분히 고려해야 한다. TKR-TSR과 TKR-TCR을 통과하는 국가들간에 철도망 연결에 대한 합의가 이루어진다고 해도 북한이 지속적으로 동해선과 TSR 연결을 고집한다면 유라시아 횡단철도 활용 측면에서 문제가 제기될 것이다. 또한 남한 내 북한 철도 미연결구간에 대한 철도 건설과 정비에 막대한 자금이 소요될 것이다. 특히 북한 지역의 노후한 철도에 대한 정비와 개선, 전철화를 위해 4조원 규모의 자금이 소요될 것으로 추정하고 있으나 한반도 전체

철도회랑 연결에 소요되는 비용은 예측하기 어렵다. 수요가 창출되기 어려운 사회간접자본에 대한 막대한 투자는 국가경제에 지대한 타격을 줄 수 있기 때문에 신중한 판단과 투자가 요구된다.

마지막으로 일본 화주의 유라시아 철도 이용추이를 반면교사로 삼아야 한다. 일본은 해상네트워크의 접속성, 해상운송의 신뢰성과 저렴성 때문에 TSR 이용실적이 91년 8만2,000TEU에서 2003년엔 8,869TEU로 급격히 감소하고 있다. 반면 그 이용물동량은 많지는 않지만 해상네트워크가 잘 구축된 렌윈항과 다롄항을 통한 TCR 이용은 약간 증가하고 있다. 그리고 유라시아 철도 일관수송체계가 구축되더라도 해상운임에 비해 경쟁력 있는 일관운임이 책정될 것으로 기대하기는 어렵다. 최근 TSR 이용물량의 정체는 TSR 운임 인상이 그 원인인 것으로 분석되고 있다.

삼면이 바다인 한국이 육지를 통해 세계로 나가는 글로벌 철도네트워크를 구축하는 것은 매우 큰 의미가 있고, 비전 제시 측면에서도 매우 긍정적인 일이다. 그러나 막대한 자금이 소요되는 만큼 경제성과 물류효율성을 철저히 검토하여 정책 우선순위를 결정하여야 한다.

매일경제, 2007. 2. 6

27
동남권 신공항이 대안

이명박 대통령 당선인의 핵심 공약인 '경부운하건설'과 관련, 찬반 논란이 뜨겁다. 특히 당선인의 핵심 참모들이 경부운하의 추진을 당연시하는 발언 때문에 논쟁이 가열될 조짐이다. 독일과 유럽을 연결하는 RMD 운하, 네덜란드의 암스테르담 운하, 벨기에의 알베르 운하 등 매우 체계적으로 발달된 운하를 보면, 운하와 자연의 조화로움, 운하와 도시의 어우러짐에 반할만하다. 또한 운하는 내륙의 물류통로로서 관심을 끌 만한 충분한 매력이 있다.

우리나라도 경부운하 건설을 통해 물류비 절감, 지역 간 균형발전, 홍수피해 방지, 관광자원 개발 등을 유도할 수 있다. 그러나 운하건설에는 많은 자본이 투입되고 국민적 관심이 집중되는 국책사업이기 때문에 물류통로로서의 효용성과 경제성 여부, 건설에 따른 환경문제 등에 대해 충분한 검증이 필요하다. 현재까지 많은 논란을 불러일으킨 경부운하 건설에 따른 비용과 편익분석은 크게 신뢰성을 가진다고 할 수 없다.

왜냐하면 어떻게 환경친화적으로 운하를 건설하느냐에 따라 건설비용에 천문학적 편차가 발생할 수 있고, 개발에 따른 편익도 크게 달라질 수 있기 때문이다.

경기, 충북, 경북의 낙후지역을 관통하여 낙동강 하류지역으로 연결되는 경부운하의 최대 수혜지역은 낙동강 유역에 있는 경북, 대구, 경남, 부산권이다. 이 지역 주민들의 편의와 경제 및 물류활성화를 위해 경부운하의 건설도 좋지만, 동남권 신공항의 건설을 그 대안으로 고려해 볼 수는 없을까? 부산, 대구, 울산, 경북, 경남지역을 아우르는 동남권은 우리나라 전체인구의 26.9%인 약 1천300만 명이 거주하고 있으며, 전국 GRDP의 27.6%, 수출액의 42.2%를 점유하고 있다.

물류통로를 건설하는 주된 목적은 물류비 절감에 있고, 부가적으로 잘 짜여진 물류시스템을 이용하여 해외투자를 유치하는 것이다. 경부운하 건설을 통해 신속성을 요구하는 컨테이너 화물을 유인하는 것은 용이하지 않다. 또한 경부운하를 관통하는 지역에 해외기업을 유치하는 것 또한 연계수송망을 체계적으로 구축하지 않으면 어렵다.

그러나 동남권 신공항건설은 부산지역의 신항만 건설과 연계하여 지속적으로 증가하는 해공(sea-air) 복합운송화물을 유치할 수 있고, 영남권 주민의 항공수요를 충족시킴은 물론, 이 지역의 해외직접투자를 유치하는 초석이 될 수 있다.

2005년 해공 복합운송화물은 4만 4천48톤으로 2004년의 3만 9천 415톤에 비해 약 12%가량 증가하였다. 2011년 부산 신항이 완공되면 중국발 해공복합운송화물이 급증할 것으로 예상되기 때문에 이들 화물을 효율적으로 처리할 수 있는 공항이 필요하다.

노선의 제약을 받는 동남권의 국제공항인 김해공항은 2008년에, 대구공항은 2020년경에 공항시설용량이 포화상태에 이를 것으로 예측하고 있다. 또한 이들 공항은 여객중심의 공항이기 때문에 여객과 화물을 동시에 처리할 수 있는 거점공항의 건설은 시급하고 절실한 과제다. 매주 영남권 주민 2만 6천여 명이 해외로 나가기 위해 인천 공항으로 우회하는 수고를 감수하고 있다.

연간 174만 명의 영남권 이용자가 인천공항을 이용함으로써 연평균 2천900억 원의 비용이 추가되며, 2020년까지 약 7조 원의 경제적 손실이 예상된다. 특히 구미, 대구, 울산, 창원 등지에서 생산되는 LCD, 반도체, 정밀기계, 자동차 부품 등 고부가가치 제품들은 특성상 항공운송을 이용하는 빈도가 높다. 최근 LG필립스사가 구미를 등지고 파주에 공장을 건설하게 된 주된 이유 중 하나는 파주지역이 항공운송 이용에 경제성을 갖추고 있기 때문이다.

글로벌 경쟁시대에 국가나 도시경쟁력을 평가할 수 있는 척도 중의 하나가 세계 주요도시로부터의 접근성이고, 접근성이 뛰어나지 못한 도시는 해외투자를 유치하기도 어렵다. 이런 관점에서 공항은 물류활동뿐 아니라 관광과 비즈니스를 원활히 영위할 수 있는 필수 인프라가 되고 있다.

경부운하와 동남권 공항의 건설은 둘 다 대규모 자본이 투입되는 국책사업으로 물류경쟁력 제고와 영남권 지역발전에 필요한 사업들이다. 특히 동남권 신공항은 5개 시도가 연합하여 상공회의소를 중심으로 건설의 당위성을 제기하고 있는 사업이다.

대구경북지역은 기반산업의 쇠퇴와 전략산업의 부재로 어려움이 가중되고 있다. 이를 타파하기 위해 야심차게 추진하고 있는 지식경제자유구역이 성공적으로 되기 위해서는 국제적으로 인적 및 물적 교류를 제고할 수 있는 하늘의 문호가 열려야 한다. 영남권 경제 활성화와 주민의 편의를 위해 어떤 것이 우선순위를 가지는지 당선인 캠프에서 깊이 고민할 필요가 있다.

매일신문, 2008. 1. 9.

28
남부권 신공항에 '정치색'을 빼라

남부권 신공항 건설타당성에 대한 연구가 교통연구원에서 수행되고 있다. 이명박정부는 지난 2011년 3월 "남부권 신공항은 사업성이 없으며 국가재정에 막대한 부담을 준다"는 이유로 백지화했다. 그러나 새 정부 들어 추진하는 이 연구는 정부의 남부권 신공항 백지화를 재검토한다는 점에서 의미를 더해주고 있다.

이번 교통연구원의 타당성 분석의 기초자료가 될 '영남지역 항공수요조사'의 핵심은 남부권 여객수요를 검토해 신공항 건설 타당성의 근거로 삼겠다는 것이다. 그러나 여객 일변도의 수요조사는 항공관련 산업의 발전과 공항 수익에 지대한 영향을 미치는 항공물동량 분석을 도외시하는 문제점을 안고 있다.

지역거점 국제공항은 국제적인 항공수송망 구축을 통해 인적교류의 활성화는 물론 지역산업의 발전을 견인하는 핵심 기간시설이다. 따라서 기초조사에 항공여객수요, 이용자의 편익, 지역 기업들의 항공물동량 등에 대해 우선적으로 조사해야 한다. 우리나라의 주요 수출품목인 반도체, 스마트기기, 전기제품 등을 수출하는 기업들은 항공물류비용을 줄이기 위해 공장 이전을 고려할 정도로 심각한 고민을 하고 있다.

일례로 구미지역에서 LCD를 생산하던 기업이 경기도 파주로 이전한 이유 중 하나가 전량 항공운송되는 제품의 특성상 공항과 인접한 곳이 절실했기 때문이다. 고부가의 첨단제품일수록 수출제품의 적기공급성과 물류비용이 시장경쟁력을 결정하는 주요 요소가 된다.

2012년 항공물동량은 우리나라 전체 수출물동량의 0.52%를 점유하고 있지만, 금액 측면에서는 전체 수출금액의 21.6%를 차지하고 있다. 수입도 전체 물동량의 0.2%의 분담률을 보이고 있지만, 금액은 전체의 20%에 이를 정도로 고가의 화물이다. 우리나라 수출입 항공화물의 99%를 처리하는 인천공항의 2012년 지역별 항공화물의 수출량을 보면, 수도권이 전체의 59.3%를 점유하고 있다. 대구·경북지역 14.15%, 충청지역이 13.64%, 경남지역이 6.08%, 부산시와 전라남·북도 지역이 각각 3.38%, 2.81%의 비중을 보이고 있다.

이 같은 측면에서 볼 때 신공항은 여객수송과 더불어, 권역 내 산업지원 항공물류네트워크의 측면도 신중하게 고려해야 한다. 영남권 항공화물의 주요 발생지이며 거점산업단지인 구미, 창원, 울산 등의 수출산업벨트를 효과적으로 지원하는 게 지역산업의 발전은 물론 항공물류를 활성화시킬 수 있는 길이다.

글로벌 거점 국제공항인 인천공항은 2012년 3,897만명의 여객과, 245만7000톤(환적화물 109만7000톤 포함)의 화물을 수송하여 1조 5,320억원의 수입과 5,257억원의 당기순이익을 달성했다. 이러한 흑자 경영의 결과는 공항이용자 수에도 영향을 받지만, 화물수송량 세계 2위의 공항이기 때문에 가능하지 않았을까.

지역적으로 운임률 격차가 있지만 항공화물 100만톤의 운송은 평균적으로 3조5000억 원 이상의 운임수입을 발생시키는 것으로 추정된다. 공항의 흑자운영과 항공 관련 산업의 발전은 항공물동량의 확보에 따라 좌우될 수 있다. 2012년 기준 우리나라 주요 교역국가의 항공화물 수출량을 보면, 중국이 45.9%, 아세안(ASEAN) 14.5%, 여기에 일본 7.2%를 더하면 전체의 67.6%가 아시아 지역에서 발생하고 있다. 아시아권의 부상은 지역의 항공물류수요를 촉진시킬 것이고, 한·아세안 및 한·중 FTA의 확산은 항공물동량을 더욱 증가시킬 것이기 때문에 체계적이며 국제적인 항공물류네트워크를 갖추는 것이 절실하다.

우려되는 것은 정부가 특정 지역 이기주의를 무시하고 기초자료에 근거해서 진정 남부권 주민과 기업들에 도움이 되는 입지를 결정할 수 있을까 하는 점이다.

　정치논리가 개입되고 표를 의식하면 신공항 건설은 또다시 표류할 수밖에 없다. 남부권 신공항 건설이 지역 간 갈등을 부추긴 채 더 이상 소모전으로 치달을 수는 없다. 정부도 정치색을 배제한 채 국가의 미래발전전략 차원에서 접근해야 한다. 아울러 영남권 주민들은 치킨게임 양상의 후보지 선정은 남부권의 상생발전은 커녕 사업 자체가 무산될 수 있다는 점을 명심해야 한다.

경향신문, 2013. 10. 7

29
영일만항 개항을 앞두고

5월 31일은 제12회 '바다의 날'이다. 이 날을 '바다의 날'로 정한 것은 통일신라시대 장보고(張保皐) 대사가 청해진을 설치한 날을 기념하기 위해서다. 서기 828년 통일신라의 장보고 대사는 완도의 청해진을 중심으로 동북아시아 일대의 해상무역권을 장악하고 국제 정치력을 발휘한 선각자로, 3면이 바다로 둘러싸인 우리나라의 지정학적 이점을 잘 활용하고 해양의 중요성을 일깨워 준 대표적인 인물이다.

현재 우리나라의 글로벌 경제활동규모는 세계 11위의 무역대국, 세계 1위의 조선국, 세계 9위의 선박보유국으로 성장했다. 하루 평균 110여 척의 대형선박이 부산항에 입·출항하면서 주요 원자재와 우리의 주력 수출상품들을 실어 나르고 있지만, 정작 대다수 국민들의 바다에 대한 관심과 이해는 상대적으로 높지 않은 것 같다.

특히 대구지역은 내륙도시로 바다를 멀리 있는 곳으로 생각하는 경향이 있고, 경북지역은 537km의 넓은 동해안의 해안선을 가지고 있지만 수출상품들을 해외로 직수송할 수 있는 해양통로가 없었다. 2009년 8월이 되면 영일만항 민자 컨테이너 부두가 준공돼 세계로 나갈 수 있는 환동해권 해양통로가 열리게 된다.

이와 병행하여 해양을 주도적으로 개발하고 활용하기 위해 경상북도 내 해양정책과를 신설했다. 해양정책 수립과 해양개발을 위해 해양수산부와 공동보조를 취할 수 있게 된 것은 신해양시대를 맞아 매우 시의적절한 정책적 결단이라 할 수 있다. 특히 우리 지역의 환동해권 해양통로가 될 포항 영일만에서 제12회 바다의 날 기념행사가 열리는 것은 지역민으로서 매우 뜻 깊은 일이다.

지역에서 직접 해외로 수출할 수 있는 해양통로를 가진다는 것은 어떤 의미를 가지고 있는 것인가? 국가별·지역별 경제협력이 강화되고 있는 글로벌 경쟁환경 하에서 해양으로 진출할 수 있는 통로를 갖추고 있다면 이웃 국가 및 도시 간 경제협력을 촉진할 수 있는 더 많은 기회를 향유할 수 있다.

물류통로의 확보는 교역 및 교류의 증대를 촉발시키고, 이것을 바탕으로 국가 간, 도시 간 협력을 촉진시킨다. 환동해권은 에너지·광물 등 자원이 풍부하고, 국제관광벨트의 조성, 국제물류 네트워크의 구축이 가능한 성장잠재력이 큰 지역이다.

이들 지역과의 직교역 통로 구축은 대구·경북의 해외투자유치는 물론, 성장동력을 얻을 수 있는 기회를 제공한다. 또한 대구·경북 지역의 수출입 화물이 지역 항만을 이용하게 되면 그에 따른 관련 산업의 발전과 물류 부가가치의 창출기회를 얻을 수 있다. 특히 생산기업과 물류기업 간 효율적인 공급 사슬 구축이 가능하기 때문에 한 차원 높은 제품경쟁력을 제공할 수 있는 기회가 주어진다.

그러나 영일만항이 지역의 산업발전을 유도할 수 있는 기폭제가 되기 위해 선결해야 할 과제들이 있다. 첫째로 항만경쟁력을 확보해야 한다. 지역항만은 거점항만이 제공하지 못하는 차별화된 서비스를 제공할 수 있어야만 생존이 가능하다.

화주가 항만을 선택할 때 주요하게 고려하는 요소인 선박의 기항 빈도, 운송비용, 이용의 편의성을 최우선적으로 제공하는 것과, 지역기업 밀착형 서비스가 요구된다. 두 번째로 영일만항 배후단지를 수요자 중심형의 물류단지로 개발해 복합적 물류활동을 전개할 수 있게 해야 한다. 아울러 정보물류활동을 전개할 수 있는 u-Port로서의 기능이 강화되어야 한다.

세 번째로 영일만항과 경쟁 항만이 될 것으로 예상되는 마산항, 울산항 등과 화물 유치를 위한 경쟁과 협력(co-opetition) 전략이 요구된다. 화물 및 기업을 유치하기 위해서는 경쟁을 해야 하지만 항로특화, 연계수송망 확보, 정보교류 분야에서는 적극 협력하는 전략이 필요하다.

대구 · 경북지역의 수출입 화물의 90% 정도가 부산항을 이용하고 있는 현실을 감안할 때, 이들 화물을 영일만항으로 유도하는 것은 용이한 일이 아니다. 영일만항이 잘 짜여진 시스템을 갖춘 기존 항만들과 경쟁하여 환동해권의 물류통로로서 성공적으로 정착을 할 수 있기를 기원해 본다. 영일만항이 환동해권의 관문으로, 대구 · 경북의 경제적 성장의 발판이 되는 항만으로 자리매김할 수 있도록 대구 · 경북 오피니언 리더들의 지혜를 모아야 한다.

매일신문, 2007. 5. 30

30
영일만항의 개발에 따른 과제와 성공전략

영일만항의 개발은 포항이 환동해 경제권의 핵심거점 도시이자 물류중심 도시로 도약하기 위한 사업이다. 그러나 2006년 6월 27일 발표된 해양수산부의 '전국무역항기본계획정비(안)"의 수정 내용에 따르면, 영일만 신항은 2011년까지 총 13선석, '15년까지 16선석, 장기적으로 총 18선석 규모로 개발되는 것으로 처음 계획에 비해 규모가 축소되고 개발이 지연되는 것으로 발표되었다.

특히 2004년말 기준으로 약 608억 달러에 달하는 대구·경북 수출입 물동량의 90% 이상이 부산항을 이용하고 있고, 대구-김해를 연결하는 연장 82.05km의 대동고속도로가 개통됨에 따라 영일만항 컨테이너 부두를 활성화할 수 있는 방안을 마련하는 것은 용이하지 않다. 더욱이 잠재적인 경쟁항만인 마산항은 2011년 까지 추가로 2

개의 컨테이너 선석과 장기적으로 6개 선석을 가진 항만으로 개발될 것이고, 인근의 울산 신항도 장기적으로 컨테이너 6선석 규모의 항만으로 개발될 예정이다.

이에 따라 영일만항의 컨테이너 부두가 개장되었을 때 대구·경북권의 화물들이 영일만항을 이용할 것이며 항만개발에 따른 수익이 발생할 것인지에 대한 의문이 제기된다. 영일만항이 환동해권의 중핵항만으로 자리매김하기 위해서는 일본서인 항만들과의 연계수송망 구축과 중국과의 직항로 개설이 매우 중요하다. 특히 중국-일본간 환적화물 및 일본 서안 화물의 유치전략이 개발되어야 한다. 이를 위해 경상북도에 사무국을 두고 있는 동북아 자치단체 협의회를 적극 활용할 필요가 있다.

아울러 영일만항 배후단지 이용가능 기업을 대상으로 설문조사를 하여 그 결과를 토대로 영일만항이 소비자 지향형 물류단지로 개발되어야 한다. 그리고 항만의 이용편의성을 제고하기 위하여 중국, 일본, 동남아시아 등지로의 항로개발과 동남권 국제공항의 건설이 절대적으로 필요하다. 공항과 영일만항의 연계를 통하여 기업의 국제물류전략으로 그 활용도가 증가하고 있는 해상-항공(해공) 복합운송을 전개할 수 있는 네트워크의 구축이 가능해진다.

그리고 비용경쟁력 강화하기 위하여 항만이용료를 최대한 절감할 수 있는 방안과 영일만항의 역할 조정을 통해 니치마켓에서의 생존

전략이 마련되어야 한다. 영일만항의 기능을 대구·경북 기업들의 중간재, 반제품 등의 원자재 공급항으로 역할을 강화할 필요가 있다. 그리고 당분간 러시아 지역의 천연자원 공급항으로의 기능과 울산항의 수출 대체항으로의 역할도 고려해 볼 필요가 있다.

아울러 지역민의 지속적인 관심을 유도하기 위하여 '대구·경북 경제통합추진위원회' 내에 선주, 화주, 전문가, 항만관계자들로 구성된 '대구·경북 물류중심화 추진센터'를 설치하여야 한다. 이를 통해 선주, 화주, 항만관계자간 신뢰 형성은 물론 대구·경북 지자체의 참여와 지원을 유도하여야 한다.

영일만항은 세계의 허브항인 부산항과 환동해권의 중핵항만인 울산항과 경쟁과 협력(Co-opetition)을 통해 영일만항의 입지를 확보할 필요가 있다. 또한 "영일만항 국제포럼" 등을 개최하여 선주, 화주, 이해관계자들에게 영일만항을 홍보할 필요가 있다. 이를 바탕으로 영일만항 활성화를 위한 국내외 요구사항에 대한 기초자료를 확보할 수 있고 관련 기업간 협력 네트워크를 구축할 수 있다.

환동해경제문화연구소, 환동해 리뷰, 2006. 9. 30

31
해운분야에 적용되는 4차 산업혁명 기술들

클라우스 슈밥 세계경제포럼 회장이 2016 다보스포럼에서 던진 제4차 산업혁명의 화두가 해운업계에도 많은 도전과 과제를 주고 있다. 제4차 산업혁명을 주도할 사물인터넷(IoT), 인공지능(AI), 클라우딩, 빅데이터, 블록체인 등의 기술 도입이 해운물류분야에 확산하고 있다. 과연 개념 자체도 이해하기 어려운 4차 산업혁명을 주도할 기술들이 해운분야에 접목되면 어떤 현상이 나타날지 예상하기 용이하지 않다. 피터 드러커 교수가 격찬한 세계 경제사를 바꾼 초혁신적 발명품인 '컨테이너 박스'와 같이 세계 무역과 해운분야 발전에 지대한 영향을 미칠 수 있을까? 답은 '그렇다'이다. 다만 상기 언급된 기술들이 어떻게 해운서비스 분야에 적용 될 것이며, 안정화·상용화되기까지 어느 정도의 시간이 걸릴지는 잘 알 수 없다.

왜냐하면 4차 산업에 적용되는 기술들은 정보통신 기반 하에 개발되었거나 개발 중인 기술들과의 연결성, 융합성, 집중성을 통하여 새로운 기술로 재창조되는 특성을 가지고 있기 때문이다.

4차 산업혁명 기술이 3차 운송혁명을 촉발할 것인가?

증기선의 등장으로 운송 빈도와 범위가 확산됨에 따라 국가 간 교역규모가 급증한 것이 1차 운송혁명의 시작이었다. 그리고 컨테이너화(Containerization)를 통해 2차 운송혁명기를 맞이하였다. 1956년 말콤 맥린은 유조선을 개조한 '아이디얼-X'로 명명된 배에 알루미늄으로 만든 35 feet(약 10.7미터) 박스 58개에 화물을 싣고 미국 뉴저지에서 남부 휴스턴으로 운송한 것이 2차 운송혁명의 시발점이 되었다. 화물적재용기의 단위화·규격화에 따른 하역 효율성의 증대로 선박의 운항효율성이 향상되었고, 이에 따라 저렴해진 단위당 운송비가 글로벌화와 맞물려 세계 무역을 급팽창시키는 계기가 되었다.

제4차 산업혁명 기술이 제3차 운송혁명의 기폭제가 되기 위해서는 기술 도입에 따른 목적이 분명해야 하고 최소한 아래 두 가지 기회가 제공되어야 한다. 첫 번째는 실시간 수요자의 요구가 반영되는 저렴한 맞춤형 운송서비스의 제공이다. 실시간 맞춤형 운송서비스를 제공하기 위해 운송계약에서부터 화물인도까지의 제 단계에서 화주들이 고민하는 문제를 해결하기 위해 기술 활용을 구체화하여야 한다. 이와 관련된 문제로 화물추적 및 관리의 용이성, 운송계약의 편의성, 연계수송 관리의 체계성 등을 꼽을 수 있다. 신기술의 우선 수용자인 머스크사는 디지털화가 장기적인 생존에 필연적인 것이라 판단하고 스웨덴 통신업체 에릭슨과 손잡고 IoT 기술을 접목한 선박 및 컨테이너 추적시스템을 개발하여 400여척에 달하는 자사 선박에 적용함으로써 솔루션의 정확도를 높이고 있다.

또한 전 세계에 흩어져있는 30여만 개의 냉동컨테이너의 원격 온도 조절과 관리 상태를 실시간으로 감독하고 관찰하는 원격컨테이너관리시스템(Remote Container Management: RCM)을 AT&T와 공동으로 개발하여 활용하고 있다. 한편 운송계약의 편의성과 연계수송 관리의 체계성을 제고하기 위해 중기적 관점에서 IBM 사와 합동으로 블록체인 기술을 공급망 관리에 적용하였다. 이를 통해 화주, 항만운영업자, 국제물류주선업자, 운송관계인들 간에 이동 화물의 확인에 필요한 서류를 디지털화하여 제공하고, 서류전달의 신속성을 확보하여 관계자들의 동의 없이 서류의 기록을 변조하지 못하도록 선적기록을 공유할 계획이다.

이와 더불어 화주들에게 운송계약의 편리성을 제공하기 위해 온라인 컨테이너 부킹 시스템인 원터치(OneTouch) 서비스를 머스크,

알리바바, CMA CGM가 공동으로 플랫폼 기반을 구축·운영하고 있다. 이러한 시도는 컨테이너 해운시장에서 전통적으로 사용하던 계약방식을 근본적으로 바꾸는 것으로 업종 통합과 존폐의 단초가 될 것이다.

두 번째는 공급자 측면에서 기술 도입이 선박의 운항 및 에너지 효율성 제고, 운송원가 절감, 연계수송의 고도화, 서비스의 안정성 확보를 담보하여야 한다. 4차 산업혁명을 촉진할 신기술들이 선박 운항, 항만시설 그리고 다양한 운송과정에 적용되고 있는 해운·물류 기술수준과 비슷할 때 원하는 결과를 얻을 수 있다. 더욱이 4차 산업혁명의 특징인 초연결, 초지능, 초융합, 자율성을 통해 실시간 정보를 공유함으로써 해운서비스에 대한 예측가능성을 높일 수 있다. 이를 위해 전 운송과정에 활용되고 있는 기술들과의 호환성과 연결성을 갖추는 것이 핵심 과제이다. 글로벌 선두 해운기업인 머스크, CMA CGM은 물론 Hapag Lloyd, 일본 컨테이너 3사 등이 4차 산업혁명 기술을 사업 영역에 빠르게 도입하고 있다. 그 이유는 이러한 기술들이 해운기업의 혁신을 유도하고 양질의 고객서비스를 제공하는 기반이 될 뿐만 아니라, 기업의 경쟁력 확보와 생존에 직결된다고 판단하고 있기 때문이다.

3차 운송혁명의 종결점은 안정성과 효율성이 담보되는 자율운항선박

AI와 빅 데이터는 4차 산업혁명의 핵심이 되는 머리이고, 몸체가 되는 것은 센서, 카메라 등 물체의 움직임을 디지털 정보로 변화시켜 네트워크를 통해 물체 간 연결과 가상세계를 만드는 IoT 기술이다. 2020년경에 약 500억 개의 물체나 대상이 IoT에 접속하여 활용될 것으로 추정하고 있다. 장기적 관점에서 이러한 기술의 해운 분야의 활용은 자율운항선박의 개발이다. 롤스로이스사가 구글과 손잡고 자율자동차 기술을 접목한 자율운항선박을 개발하고 있고, 2035년경 실제 운송서비스에 투입될 것으로 예상하고 있다.

선박의 자율운항은 4차 산업 기술로 가능하겠지만 무인 자율운항선박의 화물의 보호, 디지털장비가 아닌 기계의 오작동 등 운항중의 비상사태를 육상에서 대응하는 것이 어렵기 때문에 기술축적 시간이 필요하다. 육상의 자율운행자동차 기술도 미완의 상태로 예상치 못한 많은 사고가 발생하고 있기 때문이다.

우리는 어떻게 대비할 것인가 ?

인간의 삶에 매운 큰 영향을 준 기술들의 공통점은 단순하다는 것이다. 1차 운송혁명의 계기가 되었던 증기기관은 주전자에서 물이 끓는 것에 착안하였다. 2차 운송 혁명인 컨테이너도 '크레인으로 트럭의 트레일러 부분(박스)을 통째로 선박에 실으면 효율적이지 않을까'라는 단순한 발상에서 출발하였다. 3차 운송혁명을 주도할 기술들은 디지털과 인공지능 기술의 통합체로 무선으로 단말기들과 연결되기 때문에 해킹의 위험과 정보이동의 속도 차에 따른 문제해결 등 안정성과 정보인프라 격차가 해소되어야 상용화가 가능할 것이다.

더욱이 60~70년대 공장자동화에 따른 실업이 우려되었듯이 디지털화와 인공지능 기술의 확산에 따른 고용 불안정과 업종간 존폐 문제가 야기될 수 있다. 그렇다고 하더라도 과거의 방식에 묻혀 새로운 지식과 기술을 해운에 활용하지 못하다면 미래가 담보되지 않는다. 어려운 해운시황에서 우리 해운기업들이 3차 운송혁명에 대비하여 막대한 자본이 투입될 해운플랫폼 구축하는 것은 용이하지 않다. 따라서 새로이 출범할 한국해양진흥공사와 한국해운연합(KSP)과 협력하여 이 과제를 추진할 필요가 있다. 맥킨지 보고에 따르면 화주들은 운송과정을 자기 공급사슬망에 포함시키기 위하여 질 좋고 저렴한 운송정보를 원하기 때문에 해운기업의 디지털화는 필연적이라는 말이 마음 깊이 와 닿는다.

해양한국, 2018. 4

32
한반도 신경제 구상과 남북물류 인프라 구축방안(1)

한반도 평화체제 구축을 위한 문재인 대통령과 김정은 국방위원 장의 만남의 장에서 문재인 대통령은 남북경제협력방안을 포함한 '한반도 신경제 구상'을 제안하였다. 2018년 4월 27일 남북정상회담 의 결과로 3개 장 13개 조항으로 이루어 진 '판문점선언'이 선포되 었다. 남북관계 개선을 위한 공동성명 제6조는 "남과 북은 ~ 1차적 으로 동해선 및 경의선 철도와 도로를 연결하고 현대화하여 활용하 기 위한 실천적 대책들을 취해나가기로 한다"는 것이다. 이에 따라 자연스럽게 남북경제협력 가운데 우선적으로 남북물류협력 및 물류 체계 구축에 대한 논의가 가속화되고 있다. 우리 정부가 제안한 '한 반도 신경제 구상'의 핵심도 한반도의 체계적인 물류망과 산업 및 관광벨트의 구축이기 때문에 국제적인 경협이 가능한 항만개발과 국제고속철도 구축이 우선 협력 분야로 거론 된다. 물류망 구축은 사회간접자본(SOC)에 대한 대규모 투자가 요구될 뿐만 아니라 안정성과 신뢰성이 담보되어야만 중장기적으로 물류수요를 창출할 수 있다. 또한 체계적인 법·제도의 구축과 ICT 기술 기반의 물류시스템 운영능력이 있어야만 경쟁력을 가질 수 있다.

남북물류체계 구축의 시발점은 신뢰의 구축

판문점선언에 따른 남북고위급회담이 갑자기 취소되는 등 남북당국 간 신뢰가 구축되지 않은 상태에서 막대한 자본이 투입되는 사회간접자본과 물류인프라에의 북한 투자는 국민적 동의를 받기가 어렵다. 북한의 행동 패턴을 볼 때, 신뢰성, 안정성, 효율성을 가진 남북 물류체계를 구축하는 것은 쉽지 않기 때문에 일차적으로 남북 경협의 발판이 될 수 있는 항만 및 철도인프라 구축을 고려해볼 수 있다. 엄청난 자본이 투입된 항만이나 철도인프라가 정치적, 군사적 이유로 이용 중단이나 폐쇄 되어서는 안 된다. 따라서 국제적인 반향이 크며 국제사회의 협력투자가 가능한 분야에서 물류인프라의 범위와 투자 수준을 결정해야 한다. 글로벌 물류통로의 핵심이 되는 항만과 철도는 이용자의 충성도가 높기 때문에 한번 국제적 신뢰를 잃으면 더 이상 물류통로의 역할을 기대할 수 없다.

남북물류의 3통 문제

물류는 정확한 제품을(right product), 적기에(right time), 정확한 목적지로(right place) 가장 저렴한 비용(with least cost)으로 이동시키는 활동이다. 물류측면에서 볼 때 북한은 물류활동을 원활하게 수행할 수 있는 운송수단, 사회간접자본, 물류인프라, 물류관련 법·제도, 물류정보시스템 등을 갖추지 못한 물류 불모지라 할 수 있다. 북한의 항만개발과 유라시아 국제철도망 구축 등 하드웨어적 물류인프라 구축에 앞서 물류분야의 선결 과제가 있다. 그것은 개성공단 운영경험에 비추어 통행, 통관, 통신의 3통의 문제로 남북물류활동에 있어서 소프트웨어적 장애요인을 제거하는 것이다.

첫 번째는 경제특구로 출입의 자유이다. 경제협력이나 물적·인적자원의 교류가 활성화되기 위해서는 통행의 자유가 보장되어야 하지만 북한 전역은 물론, 특구 또한 그렇지 못한 실정이다. 경제특구인 개성공단의 출입 시 시간제한이 있었고, 출입질서유지와 관련된 규제도 남북한 합의에 의해 조정되기보다 북한 측의 일방적으로 조치가 취해진 사례가 많았다.

두 번째로 본사와 국내외 거래처들과 정보를 주고받을 수 있는 인터넷, 이메일, 팩스, 전화 등 통신수단 사용의 제약이다. 특히 개성공단에서 근무하는 남측 근로자들의 휴대폰 반입을 규제하여 회사와 가족들과의 자유스러운 소통을 막는 것은 납득이 어려운 부분이다.

세 번째로 통관의 까다로움과 복잡성이다. 원부자재의 신속한 통관은 기업생산성에 직결되지만 공단출입 인원 및 물품을 규제하는 법과 규정이 총 48개 이를 정도로 통관이 까다롭다. 통관 시 요구하는 서류도 물품에 따라 약간의 차이는 있지만 39종 이상으로 복잡하며, 50%이상 되는 높은 검사비율 또한 통관을 지연시키는 원인을 제공하였다. 북한이 3통을 개성공단 입주업체를 통제할 수 있는 지렛대로 사용한 것이지만 물류의 효율성을 악화시키는 원인이 되기 때문에 남북물류 활성화를 위해 이들에 대한 해결이 필요하다.

해상운송확대를 위한 북한 항만개발

남북은 1991년 12월 31일 개최된 제5차 고위급 회담에서 '남북사이의 화해와 불가침 및 교류·협력에 관한 합의서'를 채택하여 끊어진 철도를 연결하고, 해로 및 항로를 개설하기로 합의하였다. 1992년 9월 17일 열린 제6차 회담에서는 남측의 인천항, 부산항, 포항항과 북측의 남포항, 원산항, 청진항 사이에 해로를 개설하기로 합의한 바 있다. 그리고 2004년 8월 남북해운합의서를 체결하여 남북한 항로를 민족 간 내부항로(연안항로)로 합의하였다. 남북 간 해상운송물동량은 1994년 140만 톤에서 2007년 2,500만 톤으로 증가하였다가, 2009년 북한의 2차 핵실험과 2010년 천안함 폭침사건 이후 급속히 줄어들었다.

남북 해상운송 시 주로 이용되었던 북한의 항만은 남포, 해주, 청진항 이었다. 남북 간에 개설되었던 정기선 항로는 부산-나진항로와 인천-남포항로가 있다. 부산-나진항로는 남북한 최초의 정기선 항로로 1995년 개설되었고, 인천-남포항로는 1998년 개설되어 각각 주 1항차의 서비스를 제공하였다. 특히 나진항 개발사업인 '나진-하산 프로젝트'의 추진으로, 북한이 30%, 러시아가 70%의 지분을 가진 합작회사 '라선콘트란스'가 설립되었다.

'나진-하산 프로젝트'가 완료된 후, 2014년 11월 러시아산 석탄 40,500톤이 하산과 나진항을 거쳐 포항항으로 1차 시범운송 되었다. 2015년 4월에는 러시아 쿠즈바즈 탄전의 석탄 140,000톤이 포항과 광양으로 2차 시범운송 되었고, 동년 11월에 120,000톤이 석탄이 3차 시범운송 되었으나, 2016년 북한의 4차 핵실험의 여파로 나진항을 이용한 해상운송이 전면 중단되었다.

남북경협이 재개되면 물류협력의 우선 과제는 '라선콘트란스'의 러시아 지분 50%에 대한 매입을 재추진하여 나진항 개발에 참여하는 것이다. 특히 나진항은 중국의 '창지투 개발계획'에 편승하여 동북 3성의 동해 출구로서 역할이 기대되는 바, 한중러의 국제적인 경협이 예상되는 대표적인 항만이다.

이와 더불어 평양의 수출입 관문항으로 남포항의 개발이 필요하다. 남포항은 남북 화물 운송에 가장 중요한 서해안의 교두보로 2007년 인천-남포항간 물동량은 11,304 TEU까지 증가하였지만 항만시설의 낙후, 장비의 노후화, 배후시설의 부족 등으로 중심항만으로서의 역할은 제한적이었다. 남포항에서는 지속적인 하역 지연 등으로 평균 2~3일의 체선이 발생하고 있으며, 연계수송의 미비로 과도한 물류비가 발생하고 있다. 우리 정부는 2006년 7월 남포항 부두시설 현대화 사업 추진계획을 발표하였으나 대내외적 요인으로 현재까지 진행하지 못하고 있다. 남북 및 북중 교역의 중심 항만으로서 남포항의 발전 잠재력은 매우 크기 때문에 항만시설 현대화 사업과 더불어 항만 내 거점 유통물류단지의 조성이 우선적으로 추진되어야 한다.

해양한국, 2018. 6

33
한반도 신경제 구상과 남북물류 인프라
구축방안(2)

　제3차 남북정상회담에서 양 정상은 남북의 철도 및 도로 연결 사업을 올해 안에 착공식을 목표로 추진한다고 합의하였다. 9.19 평양 공동선언의 주요 경협사업을 보면 첫 번째는 동·서해안 철도 연결의 연내 착공식이고, 두 번째는 조건 충족 시 개성공단 및 금강산관광이며, 세 번째는 서해경제공동특구와 동해관광공동특구를 조성한다는 것이다. 이런 관점에서 보면 남북이 각기 자기 지역의 끊어진 철도를 연결하는 것을 우선적으로 추진하고, 이후 세계가 공감하는 실질적 비핵화가 이루어지면 본격적인 철도연결과 현대화 작업을 가속화하겠다는 뜻으로 볼 수 있다.

　남북한은 이미 2018년 6월26일 철도협력분과회의를 개최하여 북측 철도구간 조사 및 철도현대화를 위한 실무대책협의를 하였다. 이어 지난 7월 24일에는 2003년에 복원된 경의선의 문경↔개성 구간과 2006년 연결 된 동해선의 제진↔금강산 구간을 포함한 남북철도 전 구간의 현상을 파악하기 위한 공동조사단을 파견할 예정이었으나 군사분계선 통과승인권을 가진 유엔군사령부의 불허로 조사계획은 무산되었다. 철도 등 인프라 구축 문제는 대북 투자와 합작 사업을 금지시키고 있는 안보리 결의안 2375호의 예외조치로 인정받는다 하더라도 고려해야할 사항들이 많다.

남북철도 연결이 가지는 의미

남북철도가 연결된다는 것은 남북간 인적·물적 교류를 촉진시킴으로 사회문화적 공감대를 확대할 수 있는 기회를 제공할 뿐만 아니라, 경제교류의 확산을 통한 경제공동체로서의 상호보완적 산업발전의 기회를 가진다는 것이다. 또한 한반도 횡단철도(TKR: Trans Korean Railway)를 시베리아 횡단철도(TSR: Trans Siberian Railway)와 중국횡단철도(TCR: Trans Chinese Railway)등과 연결하여 철도기반의 한국 물류시장 범위를 유라시아로 확대하는 것이다. 철도연결은 궁극적으로 수출통로를 다변화하여 수출주도형 한국 경제의 국제경쟁력을 강화하는 기반을 제공할 것이다.

철도 연결의 사회 경제적 편익보다 더욱 본질적인 것은 철도망의 연결과 운영이 북한 정권의 한반도 평화약속 이행 여부를 가늠할 수 있는 지점이 되기 때문이다. 또한 국제철도망의 개통은 주변 국가들과의 지원과 협력을 토대로 구축 가능한 것으로 남북협력에서 북한의 이탈을 방지하고 한반도의 평화를 지속시킬 수 있는 압박 요인으로 작용할 수 있기 때문에 그 의미가 크다고 할 수 있다.

남북 철도연결의 장애요인

그러나 남북 철도를 연결하기 위해서는 유엔 제재조치 예외인정 이외에도 선결해야 할 과제들이 있다. 첫 번째는 철도 인프라 구축 문제이다. 남북철도가 유라시아 철도와 연결되기 위해서는 고속전철화가 필수 요소인바 안정적인 전력공급시설이 확보되어야 한다. 이와 더불어 고속철이 통과할 수 있도록 철도레일 및 교량의 전면 개축, 터널에 대한 보수 등이 요구된다. 또한 화물수송을 체계화하기 위하여 철도노선과 연결되는 연계 항만시설의 현대화·기계화 작업이 요구된다. 가장 우선적으로 개통이 가능한 부산-서울-원산-함흥-청진-나진-하산 노선과 부산-포항-동해-함흥-청진-나진항-하산으로 연결되는 한반도 동부회랑의 거점항만인 함흥항, 청진항과 나진항의 인입선 건설과 항만 현대화 작업이 추진되어야 한다.

두 번째는 법·제도적인 개선이다. 한국이 지난 6월 7일 국제철도협력기구(OSJD)의 정회원이 됨에 따라 철도법과 철도안전법 등이 국제철도 규범에 적합하도록 궤도, 플랫폼, 신호체계, 운행방식 등에 대한 개정작업이 진행되어야 한다. 특히 국가 간 통관을 원활히 할 수 있는 협약이 요구되며, 특히 러시아 지역의 광궤(1520mm)와 한국의 표준궤(1435mm) 간의 원활한 궤도 전환을 위한 기술개발분야 협력이 절실하다.

세 번째는 비용문제이다. 현재 북한 철도에 대한 조사와 연구를 수행하기로 합의한 바 고속철도건설을 위한 투자 추정규모는 350억 달러(Business Insider, 한국철도시설공단), 773억 달러(금융위원회), 경의선·동해선 연결에만 6조 4,000억 원(한국철도기술연구원) 등으로 기관별 격차가 매우 크다. 정확한 투자 규모는 체계적인 조사 후에 사업의 범주와 수준이 결정되어야 알 수 있다.

네 번째로 엄청난 자본이 투입될 것으로 추정되는 유라시아철도 연결 작업을 2019년도에 시작된다 해도 실제적인 철도 사용은 2030년이 되어야 가능할 것이다. 그 시기에 현재 시점에서 기대하는 투자 결과를 얻을 수 있을 것인가의 문제이다. 부산↔유럽 루트에서 유라시아 국제철도가 경쟁대상인 기존 해상운송로 및 북극항로와의 운임경쟁에서 생존 가능할 지 여부이다.

2017년 기준, 부산↔유럽 간 TSR 운임은 FEU당 3,500~4,000 달러이며 전 구간 해상운송은 2,500~3,000달러 수준이다. TSR 운송시간은 해상운송의 절반 수준으로 고운임을 상쇄하기에 충분하다. 그러나 TSR 발차시간 지연에 따른 lead time의 불확실성이 운송시간의 단축효과를 반감시키고 있다. 2015년 TSR을 이용한 국제화물은 63만 9,417 TEU로 이 가운데 중국향발 화물이 40만 600TEU로 전체 국제화물의 62.7%를 점유하고 있다. 한국향발 화물과 일본향발 화물이 각각 12만 2,500TEU로 63,100 TEU로 전체의 19.2%, 9.9%를 점유하고 있다.

2016년 한국의 TSR 물동량은 75,000TEU로 전년대비 약 39%이 감소하였다. 그 이유는 TSR 이용 화주들의 대부분이 FEU당 해상운임과 TSR운임을 비교하여 해상운임이 500달러 이상 낮으면 해상운송을 이용하기 때문이다. 또한 동서간의 물동량 격차로 인한 컨테이너 수급과 통관 등에 애로요인이 있는 것을 감안할 때, TSR이 해상운송에 비해 절대적인 경쟁력을 가진다고 할 수 없다. 특히 북극항로 상설 이용 가능 시, TSR의 유일한 경쟁력인 시간의 단축 부분이 약화될 개연성도 존재한다. 그러나 해상운송 일변도에서 국제철도를 통한 대체 물류통로를 확보한다는 것은 운송로의 다양성 확보 차원에서 매우 의미가 있다.

남북철도 연결은 화물운송 중심의 나진항

남북철도의 연결은 대규모 자본이 투입되는 사업이기 때문에 개발 우선순위에 대한 문제가 제기될 수 있어 전략적인 접근이 요구된다. 첫 번째로 중국의 동북3성 화물이 나진항을 통해 한국은 물론 남중국 및 일본 등지로 운송되며, 국내 화물이 나진항을 통해 유라시아로 이동될 수 있도록 컨테이너 화물중심의 철도연결 방안이 고려되어야 한다. 이를 위해 경부선과 경원선 그리고 나진항을 경유하는 동해선 연결이 우선적으로 고려되어야 한다. 나진항 개발은 국제적인 공조가 가능하고 이미 라선콘트란스가 설립되어 있기 때문에 TSR과 연계가 용이하기 때문이다.

두 번째로 고려해 볼 수 있는 것이 한국 동해선의 미연결 구간을 연결하여 동해선과 TSR의 연계하는 것이다. 이 노선은 동해관광공동특구를 통과할 수 있도록 하여 화물뿐만 아니라 여객수요가 발생할 수 있도록 추진하는 방안이 고려되어야 한다. 세 번째로 경의선의 개성 및 평양구간의 전철화이다. 이 노선은 앞으로 조성될 서해경제공동특구를 관통하여 연결하는 것도 고려해야 한다. 네 번째로 고려해 볼 수 있는 것이 개성과 신의주를 연결하는 경의선의 전철화이다.

이렇게 함으로써 북방물류의 대 중국 쏠림 현상을 방지할 수 있고, 러시아와 한국 간 다양한 자원물류 및 상품교역의 확대시킬 수 있다. 한반도 서부회랑의 경의선과 TCR을 연결하는 국제철도는 한국과 랴오닝성간 물동량 처리에는 효용성이 크다. 그러나 중국 자체

물량의 증가로 부산-유럽 간 철도운송 활용도는 TSR 보다 낮아질
가능성 크기 때문에 후순위로 두는 것이 합리적이다.

해양한국, 2018. 10

제3부

교양: 글로벌 문화의 잔상

1
배낭여행 유감

    1970년대 경제 개발이 우리 사회 제일의 화두가 되고 있던 시절, 해외여행은 소수 특권층의 전유물로 인식됐다. 국외로 떠나는 항공 승객의 대부분은 조국 근대화에 필요한 달러를 벌어들이기 위해 해외취업을 떠나는 노동자들이었다. 비록 견문을 넓히며 새로운 문화를 배우기 위한 여행은 아니었지만 독일의 탄광과 병원에서 일했던 광부와 간호사들의 독일이야기, 열사의 땅인 중동지역의 건설에 참여 했던 근로자들의 이야기 등은 많은 사람들에게 회자되었다. 우리가 알지 못 했던 이국의 문화와 관습, 종교 등에 관한 이야기들은 외국에 대한 젊은이들의 호기심을 촉발시키기에 충분한 것이었다.

    중진국 대열에 진입한 1980년대 후반 해외여행 자유화가 이뤄진 이래 일반인은 물론, 대학생들의 해외여행이 보편화됐다. 특히 대학생들의 배낭여행은 대학 생활의 일부가 된 듯 활발하였다. 일반적인 해외여행이 심신의 편안함을 추구하고 스트레스로부터의 해방을 만 끽하는 것임에 비해, 배낭여행은 이러한 고정관념의 틀을 깨는 것이 다. 미지 세계에 대한 탐구, 새로운 문화에 대한 호기심 충족, 인류 의 동질성 확인 등 우리 삶을 풍부하게 하며 세계인으로서의 자신 을 성찰할 수 있는 기회를 준다.

배낭여행은 명품 쇼핑, 사진찍기 위한 유적 답사 등 기성세대들 의 잘못 된 여행 관례들을 탈피해 새로운 여행 문화를 정착시킬 수 있는 시금석이 되어야 한다. 하지만 물질 만능 사고가 팽배한 시대 적 환경에 따라, 젊은이들의 배낭 여행도 이젠 그 의미가 퇴화되고 있다. 귀족화, 고급화돼 일반 해외여행과 크게 다를 바 없게 변질 되었다.

배낭여행의 참의미가 무엇인지 한 번쯤 생각해 볼 때다. 우리 젊 은이들의 호기심, 진솔함, 진취성을 배낭에 담아서 전파할 뿐만 아 니라, 발 닿는 곳의 전통과 문화를 호흡하며 세계인으로서 마음의 문을 여는 포용성을 배낭에 담아 오는 여행이 돼야 한다. 달러를 벌 기 위해 해외에 체류하면서 한국인의 근면성, 성실성, 예의바름을 해외에 전파했던 선배들의 정신이 배낭여행을 통해 이어져야 하지 않을까.

영남일보, 2003. 7. 1

2
일상의 반성

　당대의 실학자였던 다산 정약용 선생은 "지식에 바탕을 두지 않은 생각은 방향을 잘못 잡을 우려가 있고, 지식은 있으되 생각이 없으면 일을 크게 그르칠 수 있다"고 말했다. 지식과 사색의 중요성을 표현하는 말로 지식과 정보는 넘쳐 나지만 그것이 갖고 있는 의미에 대해 깊게 사고하는 것을 꺼리는 우리들을 꾸짖는 말처럼 들린다.

　일상생활 속에서 아무런 비판없이 받아들이는 고정관념과 편견이 우리들의 행동과 생각을 지배하는 경우가 많다. 한 해 동안 자동차 교통사고로 수십만 명의 사상자가 발생하고 있지만 많은 사람들은 일상적으로 이용하는 자동차보다 항공기나 선박 이용에 더 큰 위험을 느낀다. 대수롭지 않다는 고정관념 속에서 관행처럼 여겨지는 학교의 촌지나 공무원 사회의 떡값도 마찬가지다. 별 것 아니라고 생각하지만 이런 것들이 이 사회를 깊은 부정부패의 구렁텅이로 빠지게 한다.

동족 상쟁으로 인한 폐허와 가난 속에서 외국의 원조물자로 연명해오던 부모님 세대에는 외국 것이면 다 좋다는 선입견이 팽배했다. 이런 편견 때문에 우리 고유의 전통과 문화를 폄하하고 있지는 않을까? 우리나라가 괄목할 경제 성장을 이룬 1980~90년대 서울에 온 외국인들은 조선시대의 장롱, 반닫이 등을 사들여 집안을 장식하는 반면, 우리들은 외국에서 수입한 장농들로 집안을 장식했다.

우리 사회가 한 단계 발전된 사회가 되기 위해서는 잘못된 고정관념과 편견들을 버려야 한다. 특히 부정부패에 대한 "그 정도야" 하는 생각과 우리 전통과 문화에 대해 "보잘 것 없다"는 편견은 없애야 한다. 급속한 경제 발전과 그에 따른 부의 축적으로 투명성의 가치보다는 성과의 가치가, 전통과 문화의 가치보다는 돈의 가치가 더 높게 평가돼서는 안 된다. 방학을 맞아 해외로 나가는 많은 사람들이 작은 것에서부터 투명한 외국 사회를 보며 잘못된 고정관념을 버리기를 바란다. 그리고 외국의 문화를 통해 우리 문화와 전통의 우수성을 발견하기를 기대해 본다.

영남일보, 2003. 7. 8

3
젊음의 가치

그리스 로마 신화에 이런 이야기가 있다. 지혜의 여신 아테네, 제우스의 아내인 헤라, 사랑과 미의 여신 아프로디테 가운데 누가 가장 미인인지 판정해달라는 제우스의 요청을 받은 목자 파리스는 아프로디테가 가장 아름답다는 판정을 내렸다. 이유인즉, 아프로디테가 부끄러움의 허리띠를 매고 있었기 때문이다. 이는 아름다움을 과시하는 동적인 미보다, 은은하며 어딘지 모르게 부끄러움이 감추어져 있는 듯한 정적인 내적의 미가 아름다움의 본질에 가까운 것을 의미한다.

사람은 누구나 좋은 것, 아름다운 것을 추구할 권리가 있다. 그런 의미에서 유행처럼 퍼지고 있는 명품에 대한 사람들의 구매 욕구는 너무나 당연한 것이다. 뛰어나거나 유명한 제품을 말하는 명품은 소비자들에게 각별한 권위와 가치를 인정받게 한다. 따라서 고가의 명품을 소유하게 되면 그 가치가 자신의 가치를 더욱 높일 것이라 생각하게 만든다. 이러한 착시현상 때문에 과거 과시욕이 강한 소수 부류에만 한정되었던 명품 구매가 상당히 보편화되고 있는 것 같다. 특히 젊은이들의 명품 구매가 급증하면서 백화점에서는 젊은 명품족을 유인하기 위한 다양한 전략들을 개발하고 있다고 한다. 그러나 한편에서는 무절제한 명품 구매로 인한 부채 때문에 신용불량자가 된 젊은이들의 이야기가 신문기사화되곤 한다.

신이 창조한 가장 아름다운 명품은 인간이고, 그 인간들이 일생에 가장 아름다운 때는 젊은 시절이다. 자기 자신의 개발과 삶의 방향을 정립하기 위해 고민해야 하는 때에 경제적, 사회적 여건에 어울리지 않는 명품 치장은 가장 자연적인 아름다움을 가지고 있는 젊음의 가치를 훼손한다.

'젊음이 최대의 자산이며 아름다움 그 자체'라고 말씀하시며 '젊음'을 부러워하시던 선배 교수님이 생각난다. 젊음이 아름다운 것은 순수함, 열정, 그리고 어떤 외형적인 치장에 의해 바뀌지 않는 풋풋함과 가능성의 본질을 가지고 있기 때문이다. 생기발랄하며 순수함을 가진 그 자체가 훌륭한 명품이지 치장한 가식적 모습이 아름답게 보이지 않는다. 자연 그대로의 젊음은 값진 것이다

영남일보, 2003. 7. 15

4

과외 중심국

조간 신문에 끼워져 배달되는 광고전단지가 신문보다 두껍게 느껴진다. 대부분이 학원 홍보물이다. 초·중·고의 여름 방학과 더불어 집중 과외의 계절이 되었다는 것을 실감나게 한다. 2년 전 캐나다 동부의 한 대학에 교환교수로 갈 기회가 있었다. 당시 내가 살던 지역은 변두리여서 각 학교에 한국학생이 많지 않았지만, 그보다 학군이 좋은 특정지역 학교에는 한국학생들의 비율이 과반수에 이르는 곳도 있었다. 그 지역에는 다양한 과외가 성행했고, 서울에서 온 유명학원 강사들의 고액과외가 교민사회의 이질감을 증폭시키기도 했다.

캐나다는 이민과 유학이 많은 사회이기 때문에 그곳에 새로운 삶의 둥지를 튼 부모들은 자녀들이 새로운 사회에 빠르게 적응할 수 있도록 많은 노력을 기울인다. 이런 고민을 교사에게 털어놓으면 대부분의 교사들은 '자녀 걱정은 마세요'라고 조언한다. 그곳의 학생들은 수업 후 다양한 학습자료가 갖추어진 학교 또는 동네의 도서관에서 친구들과 모여 필요한 공부를 하고 과제물에 필요한 책들을 찾으며, 스스로 생각하며 학습하는 법을 배운다.

자녀들을 보다 나은 교육환경에서 교육시키기 위해 조기유학을 보낸 사람들 가운데 과외가 요구되지 않는 교육환경임에도 불구하고 조급함과 한발 앞서야 한다는 욕심 때문에 우리나라와 똑같은 형태의 과외를 시키는 경우가 많다. 단지 과외의 장소를 국내에서 국외로 옮긴 것뿐이다. 무조건적인 과외가 별로 의미없는 사회에서 과외를 전수하며 뿌리내리게 하는 과외중심국이라 아니할 수 없다. 아인슈타인이나 퀴리와 같은 훌륭한 과학자가 과외를 통해 배출될 수 있다면 얼마나 좋을까. 사회의 지나친 과외욕구를 보면서 카프카의 '변신'이 생각나는 이유가 무엇일까. 옥죄는 과외부담 때문에 우리의 자녀들이 공부가 필요없는 다른 생명체로의 변신을 꿈꾸지 않을까 걱정이다.

영남일보, 2003. 7. 22

5
소득 2만 달러의 자화상

"어떤 직업을 택해도 좋으니 끊임없이 그 직업의 1인자가 되겠다고 다짐하는 것입니다. 그 직장에 없어서는 안 될 사람이 되라는 뜻이죠." 이 말은 석유와 철강 사업으로 세계적인 대부호가 된 카네기가 청년들에게 충고한 '성공의 비결'이다.

집이 가난해서 열두살때 방적회사의 화부로 취직했던 카네기는 공장에서 제일 가는 화부가 되겠다고 결심하고 이리저리 연구하고 궁리하면서 열심히 일했다. 그의 성실성을 보고 어떤 사람이 우편배달부로 추천해 주었을 때, 그는 미국에서 제일 성실한 우체부가 되겠다고 결심하고 배달구역 내 집번지와 이름을 암기하는 등 자기일에 최선을 다했다. 이런 노력이 결코 헛되지 않아 그는 상당히 필요한 인물이 되었고, 그것을 또 높이 사는 사람이 나타나서 곧 전신기사로 채용됐다. 그는 거기에서도 역시 1인자가 되겠다는 각오로 노력을 게을리 하지 않아 철강왕이 됐다는 성공담은 잘 알려져 있는 이야기다.

우리나라의 대기업 사원들을 대상으로 실시한 한 설문조사에서 성공하기 위해 우선적으로 요구되는 것 중에 학연, 지연 등을 꼽는 응답자가 매우 많았다고 한다. 맡은 일에 최선을 다하고자 노력하는 사람보다 이런 것을 통해 관계를 잘 맺은 사람이 더 빨리 성공할 수 있다는 사실이 인지될 때, 사람들은 당연히 관계 형성을 위해 많은 노력을 기울일 수밖에 없다. 학업 능력 중심의 입시가 인생의 미래를 결정짓는 유일한 요소가 된다는 것이 얼마나 위험한 일인가. 끊임없이 변하고 다양화·다원화되고 있는 글로벌 경쟁사회에서 생존할 수 있는 자는 부단히 자기를 채찍질하며 계발하는 사람이다. 인생의 긴 여정에서 자기분야에서 최고가 되고자 끊임없이 노력하는 자가 진정한 성공의 주인공들이 돼야 한다.

벌써 두 차례에 걸쳐 선출된 대통령이 우리가 부러워하는 학연을 가진 인물들이 아님에도 불구하고 우리와 상관없는 '특별한' 일로 간주한다. 학연, 지연에 대한 사회의 집착이 강하면 강할수록 소득 3만달러 시대는 요원해 질 것이다.

영남일보, 2003. 7. 29

6
U 대회의 성공의 기원하며

세계의 곡물 수출통로인 미국 서부의 콜롬비아 강을 따라 올라가 다 보면 인구 50만의 아름다운 항구도시로, 매년 5월이면 세계적인 '장미 축제'가 열리는 포틀랜드를 만나게 된다. 올해로 96년의 전통을 가진 장미 축제는 다양한 장미꽃으로 치장한 마차, 자동차, 사람 등의 퍼레이드로 장관을 이루며 매년 200만 명 이상의 관람객을 유치하고 있다. 장미의 축제가 한창인 때 그곳을 방문한 적이 있다. 축제에 초청받은 사람들이 그곳 주민들과 함께 어우러져 다양한 멋진 장식물이나 소품들을 가지고 행진을 준비하고 있었다. 학생들의 고적대는 물론, 각 동네의 주민들이 수개월에 걸쳐 함께 제작한 장미꽃으로 치장된 장식물들의 행진이 시작되면서 축제는 절정에 이른다. 포틀랜드는 이 축제를 통해 연간 8천만 달러 이상의 경제적

이득을 얻을 뿐만 아니라 문화적 우수성을 전 미국과 세계에 알리고 있다.

이 축제가 성공적인 행사로 자리매김하게 된 이유는 여러 가지 있겠지만, 가장 중요한 것은 포틀랜드를 알리기 위해 뜻을 모은 100여 지역 인사들의 열정과 이 일에 동참한 수천명의 자원봉사자들이 아무 대가없이 행사를 적극 지원한 결과이다.

앞으로 약 2주 있으면 세계 젊은이들의 축제인 유니버시아드 대회가 대구에서 열린다. 이런 세계인의 축제가 성공하기 위해서는 이 대회 조직위원회의 노력뿐만 아니라, 이 대회를 통해 대구를 세계에 알리고 싶어 하는 시민들의 열정, 자원봉사자의 적극적인 참여, 그리고 각자가 이 잔치의 주인인 양 즐거운 마음으로 선수와 방문객들을 대하는 자세가 필요하다. 아울러 이 즐거운 잔치를 통해 대구의 문화적·사회적 특성과 우수성을 세계에 알릴 수 있도록 대구시가 준비한 다양한 행사에 시민들이 적극적으로 동참해야 한다.

대형 참사와 경기 침체로 위축된 대구가 유니버시아드 대회의 개최를 통해 다시 한 번 재기의 시동을 걸 수 있으며, 세계 속의 대구로 발돋움할 수 있는 축제가 되기를 바란다.

영남일보, 2003. 8. 5

7
성숙한 교통문화

외국에 좀 살다가 온 사람이면 누구나 느끼는 것 중의 하나가 운전 시의 두려움이다. 물론 땅 덩어리가 크지 않은 나라이기 때문에 그렇기도 하겠지만 자동차 주행선의 폭이 좁을 뿐만 아니라, '정지' 표지판도 없는 좁은 길의 교차지점에서 정지와 양보 없이 과속으로 지나가는 것을 보면 무척 당황스럽다. 특히 인도와 차도의 구분이 없는 좁은 길에서 지나가는 사람들 옆으로 주차된 차량을 피해 곡예운전을 한다는 것은 현기증이 날 정도다.

교통문화 수준은 한 나라의 의식수준과 성숙도를 반영한다고 한다. 우리나라에 거주하는 외국인들이 가장 불만스럽게 생각하는 것이 바로 교통안전 불감증과 무질서이다. 그나마 다행스러운 것은 경제협력개발기구(OECD) 30개 국가 중 최악의 교통사고 사망국 오명을 쓰고 있던 우리나라가 다양한 교통질서 개선 노력을 통해 점점 성숙한 교통문화환경을 만들어 가고 있다는 것이다. 그러나 아직 교통안전을 위협하는 요소들이 곳곳에 잠재해 있다.

그 첫번째는 자동차 우선주의 사고이다. 자동차 운전자들은 신호등이 없는 횡단보도에서 보행자에게 우선적으로 양보해야 하지만 그럴 생각이 전혀 없는 듯이 차를 몰고 간다. 그러다 보니 생명 위협을 느낀 보행자도 자동차가 있으면 서서 자동차가 지나가기를 기다린다. 두번째는 위협운전이다. 자동차는 편리한 교통수단이지 사람의 생명을 위협하는 것이 아님에도 불구하고 대형차를 운전하는 사람이나 성질 급한 운전자는 앞선 차량을 과속으로 따라오면서 길을 비켜줄 수 없는 상황임에도 불구하고 전조등과 경적을 울리면서 길을 비켜줄 것을 요구한다. 세번째는 자동차 운전 중에 바깥으로 침을 뱉는 등의 행위다. 갑자기 가래 섞인 침들이 달리는 차 유리에 부딪히고 담뱃불이 튀는 경우를 당하는 운전자들이 얼마나 당황스럽고 기분이 언짢을 것인가 상상해 보라.

세계의 축제인 하계유니버시아드(U대회) 기간동안 많은 외국인들이 대구를 방문한다. 이들이 제일 먼저 대구를 체험하고 느끼는것은 교통문화와 질서다. 대구가 갖고 있는 잠재력과 문화 우수성을 그들에게 보여주는 것도 중요하지만 교통질서를 잘 지키는 성숙한 도시로 외국인들에게 비쳐질 수 있기를 바란다.

영남일보, 2003. 8. 12

8
장인정신과 문화강국

제5차 경제개발 5개년 계획이 한창 진행중이던 1980년대 중반까지 양복점거리로 유명한 서울의 소공동과 종로 또는 동네 단골 양복점에서 원하는 천을 골라 양복을 맞춰 입는 것이 보편적이었다. 화섬과 모직의 산지였던 대구도 1960년대 초부터 중앙통을 중심으로 양복점 거리가 형성될 정도로 수제 양복산업이 호황을 누렸다. 이 시절 우리나라를 방문했던 외국인들은 귀국할 때 양복 몇 벌을 맞춰 가는 것이 관례였다. 특히 외국인들이 즐겨 찾는 소공동의 몇몇 고급양복점들의 디자이너들은 세계 어디에 내어 놓아도 손색이 없을 정도로 우수한 기술을 보유하고 있는 것으로 평가되었다.

그러나 소품종 대량생산의 시대적 조류에 편승해 자본력과 마케팅력을 바탕으로 한 기성양복 전문기업들이 등장하기 시작했고, 그에 대응할 기반이 없는 영세한 양복점들은 하나둘 문을 닫았다. 기성복에 떼밀려 설 자리를 잃은 수제 양복점들은 소수 특수 체형의 사람들과 개성과 수제를 추구하는 소수 고객들에 의해 연명되고 있다. 시대가 변해 아르마니, 피에르가르뎅 등 유명한 디자이너 제품들이 다품 종 소량생산되어 세계의 명품시장을 누비고 있다. 우리의 수제 양복점을 운영하던 재단사들이 산업자본과 잘 연결돼 서로의 강점을 살렸다면 우리도 유명한 세계적인 브랜드를 가질 수 있지 않았을까 하는 아쉬움이 남는다.

이런 우를 다시 범하지 않기 위해서는 '장이'들의 '장인정신'이 존중 받아야 한다. 그들이 보유하고 있는 기술과 남다른 천재성에 대한 가치를 인정하고 평가하는 사회적 공감대가 형성돼야 한다. '장이'란 수공업적인 기술로 물건을 만들거나 수리하거나 하는 사람을 홀하게 이르는 말로 정의된다. 별로 미래를 보장받을 것 같지도 않고 부 를 축적하기도 어려울 것 같은 기능 및 기술을 요하는 일에 정열을 쏟는 장이들이, 문화강국을 주창하는 요사이 무척 그리운 것은 무슨 이유일까. 남들이 뭐라고 하든 자기가 가진 재능과 기술을 개발하고 갈고 닦는 장이들의 장인정신과 이 가치를 인정하는 사회 분위기가 조성돼야 문화강국으로 자리매김할 수 있을 것이다.

영남일보, 2003. 8. 19

9
무더운 여름을 보내며

만나는 사람마다 휴가를 어떻게 보냈는지 인사를 한다. 직업상 휴가기간이 정해져 있는 것도 아니고 딱히 다녀온 곳도 없기 때문에 그냥 잘 다녀왔다고 얼버무린다. 언제부터인가 여름 휴가가 일상화된 것을 보면서 우리의 생활수준이 향상되고 생활에 여유가 생긴 것 같아 흡족하다.

일에 파묻혀 있다가 모처럼 가족 간 대화와 사랑을 나눌 수 있는 휴가는 가족 간의 일체감을 형성시키고 우리들의 피곤한 심신에 생기를 불어 넣어준다. 바쁜 일상으로부터의 탈출이 주는 해방감과 새로운 곳, 좋아하 는 곳에서 여유를 만끽함으로써 휴가는 새로운 에너지를 충전할 수 있는 시간이 된다. 앞으로 해야 할 산적한 일들이 있기 때문에 짧은 휴식기간은 더욱 더 의미를 가진다.

'셰익스피어 이야기' 등의 저서로 유명한 영국의 문호 찰스 램은 직장생활에서 은퇴한 후, 2년의 세월을 보내면서 회사원으로서 매일 정해진 일을 되풀이하는 것이 사람에게 얼마나 중요한 가를 사무치게 깨닫게 되었다. 램은 친구에게 편지를 보내 '일없는 휴식보다 일이 많은 것이 나으며, 사람이 한가하면 자신의 마음을 파먹게 된다'라고 했다.

직장에 따라 차이는 있겠지만 매일매일 하는 일이 그다지 두드러진 변화가 있을 턱이 없다. 특히 휴식 후 우리는 형식적이며 단조롭게 느껴지는 자기 일에 대한 불만과 혐오감을 갖기 쉽다. 날마다 되풀이되며 하찮은 것 같이 여겨지는 일들이 어떤 중요한 일을 이루는 데 있어 매우 중요한 부분이 된다는 것을 깨달을 필요가 있다.

중국 상인들의 격언 가운데 "남이 없으면 내가 있어야 하고, 남도 있으면 내가 더 잘해야 한다"라는 격언이 있다. 한 쪽 귀를 닫고 남의 이야기를 경청하지 않으며, 한 쪽 눈만 뜨고 자기의 잘못은 보지 않고 남의 잘못만을 보면 결코 남보다 잘 할 수 없음을 표현하는 말처럼 느껴진다. 닫힌 한 쪽 귀를 열고, 감은 한 쪽 눈을 뜨고 여름 휴가기간의 좋은 추억을 기억하면서 단조로운 듯 느껴지는 일들 가운데 숨은 새로운 도전 과제를 발견하기 바란다.

영남일보, 2003. 8. 26

10
차분합시다. 그리고 표로 말합시다

역시 수도권공화국

우리나라 면적의 11.75%를 차지하고 있지만 인구의 48.2%, 제조업의 56.9%, 금융의 70%를 가지고 있는 수도권 중심의 사고가 또한 번 확인되었다. 가장 유력한 언론 매체의 사설에서 동남권 신공항을 정치적 논리로 만들어진 청주공항, 울진공항, 무안공항 등에 빗대어 동남권 신공항에 대해 의문부호를 찍었을 때 이미 예견된 결과였다.

과연 사설을 쓴 분이 청주공항, 울진공항, 무안공항의 탄생배경을 제대로 알고 글을 썼는지 수도권의 반대 논리를 합리화하기 위해 글을 썼는지는 알 수 없지만 수도권의 눈에는 지방이 없는 것은 확실하다.

동남권신공항은 공항 그 자체가 아니라 지역민의 생존이다

경제성의 고려 없이 정치인들의 이기심으로 만들어진 공항을 남부권의 경제를 활성화하기 위해 건설하고자 하는 동남권 신공항에 비교하는 것은 지방의 현실을 몰라도 너무 모르는 한심한 작태이다. 활주로에 고추말리기 위해 20-30조원을 쓰자고 동남권 신공항을 만드느냐고 비꼰 정치인들의 눈에는 인구가 줄어들고 있고 주력산업이 내우외환으로 쇠퇴하고 있는 영호남권의 현실을 아는지 묻고 싶다.

현재 영남권에는 우리나라 수출의 37.8%를 차지하고 있는 구미, 울산, 창원, 포항과 같은 산업도시들이 있다. 그러나 경제의 패러다임이 지식기반 사회로 전환되면서 영남권의 중공업, 기계, 전자 중심의 생산시설은 해외로 이전되고 있고 핵심 R&D를 필요로 하는 시설은 수도권으로 이전되고 있다.

정부는 이러한 문제를 해결하고 지방의 선순환적 발전을 위해 다양한 신성장동력산업의 초석을 지방에 깔고 있다. 그러나 글로벌 지식산업시대에 무엇보다도 중요한 것은 주요 도시 간 정보, 인적 및 물적 교류를 활성화 시킬 수 있도록 하늘 길을 여는 것이다. 동남권 신공항은 영남권을 아우르는 남부권 경제의 생존을 위해 요구되는 가장 기초적인 인프라이다. 인천공항의 발전은 그 자체로 해결해야지 남부권의 희생을 전제로 해서는 안된다.

조용히 표로 보여 줄 때다

인구의 절반 가까이를 가지고 있는 수도권의 눈치를 보지 않을 정치인은 많지 않을 것이다. 정말로 지방의 발전이 국가 발전의 초석이 된다는 철학을 가진 정치인을 발굴하여 뽑는 수밖에 대안이 없다. 그리고 지역 이기주의 때문에 신공항 입지에 대한 합리적인 결론을 도출하지 못한 지역민들도 반성해야 한다.

대구신문, 2011. 3. 21

11
먹구름 뒤에 가려진 태양을 상상하자

  우리들에게 이미 친숙해진 단어인 "취업대란"이 대학에 재학 중인 학생과 학부모님들의 마음을 무겁게 한다. 취업에 필요한 각종 스펙을 만들기 위해 동분서주하며 힘들게 생활하는 학생들과 취업 때문에 어깨가 축 처진 졸업을 앞둔 제자들을 보는 교수들의 마음 또한 무겁고 편치 않다. 더욱이 취업과 연계된 여러 가지 경제지표들이 호전될 기미를 보이고 있지 않는 가운데 유로권의 채무위기가 가져올 충격이 기업들의 투자 및 고용전략에 어떤 결과가 가져올지 예측하기 쉽지 않다. 그나마 다행인 것은 올해 한국의 경제성장률은 5.8%로 OECD(경제협력개발기구) 31개 가입국가 중 2번째로 높은 수준을 유지할 것이라는 전망이다.

  비행기를 타고 이륙하다보면 아무리 대기권에 먹구름이 끼어 있다 하더라도 성층권에 진입하면 구름이 걷히고 눈부신 태양이 빛을 발하는 것을 볼 수 있다. 대학에서 미래를 준비하는 학생들도 눈에 보이는 먹구름에 불안해하고 위축될 것이 아니라 먹구름 뒤에 가려진 태양을 상상하며 담담하게 미래를 준비하는 자세가 필요한 때 같다. 현재의 어려운 경제여건이 호전되어 고용여건이 좋아질 것이란 긍정적인 마음가짐으로 자신만의 경쟁력을 갖추는 노력이 필요하다. 먼저 정말 좋아하고 잘하는 것이 있는지, 자신의 강점과 약점은 무엇인지에 대해 깊이 성찰하는 것이 필요하다. 자신이 좋아하고 잘할 수 있는 것이 있다는 것은 하늘의 축복이며 설사 그러한 것을 발견하기 힘들다 하더라도 자신의 강점에 비추어 무엇을 하는 것이 발전가능성이 큰 지 고민하는 것은 그만큼 성공가능성을 높여준다. 두 번째로 자신이 좋아하는 것, 잘하는 것, 자신의 강점을 경쟁력으로 만들기 위한 열정과 노력이 필요하다. 열정과 노력 없이는 어떤 것도 자기의 것으로 체화하기 힘들기 때문이다. 마지막으로 인내하면서 자기의 부족한 부분을 보완하고 기회를 기다리는 자세가 필요하다. 학창시절 보통의 학생이었던 스티븐 스필버그 감독이 공룡영화 쥬라기공원(Jurassic Park)을 통해 성공신화를 만들고 세기의 명감독으로 자리매김하게된 것은 "상상하는 것은 반드시 이루어진다"는 확신을 가지고 인내하며 자신이 좋아하는 영화를 만들기 위해 열정을 가지고 부단히 노력한 결과라 할 수 있다.

이제 곧 여름방학이다. 바쁘게 진행되어 왔던 일상적인 학업에서 벗어나 찬찬히 자기 자신을 돌아보고 먹구름 뒤에 가려진 태양을 상상하며 미래를 준비하자.

계명대신문, 2010. 5

12
국제화 측면에서 본 한국 대학의 국제경쟁력

대학 국제화의 의미

"하루가 다르게 변해가는 교육환경 속에서 국제화를 통한 인적·지적 교류만이 대학이 살아남을 수 있는 길이다."

최근 대학사회에서 화두가 되고 있는 대학 국제화는 여러 가지 함축된 의미를 가지고 있다. 글로벌 지식산업 사회에서 대학 국제화는 대학의 경쟁력을 가늠하는 잣대가 되는 동시에 국제화된 인적자원을 개발하는 교육수준의 정도를 의미한다고 할 수 있다. 일반적으로 대학의 국제화 수준을 평가할 때 적용되는 항목은 얼마나 많은 외국 대학과 교류협정을 체결하고 있으며, 그들 대학에 몇 명의 교환학생을 보내거나 유치하고 있는가? 혹은 얼마나 많은 외국인 학생이 등록하고 있는가? 또는 외국인을 위한 영어강의과목(courses for foreign students: CFS)이 어떤 분야에 몇 개나 개설되고 있는가 등이 될 수 있다. 이러한 외형적인 국제화의 지표는 대학 국제화의 양적인 수준을 평가하는 데 매우 유용하다.

그러나 진정한 의미의 대학 국제화 수준은 외형적인 지표를 통한 평가뿐만 아니라 이외에 질적인 평가가 병행되어야 한다. 즉, 그 대학의 재학생이 국제화를 통해 얼마나 많은 학문적인 도전을 받고 있으며, 국제화를 자기 계발에 얼마나 적극적으로 활용할 수 있는 환경이 조성되어 있느냐 하는 것이다. 또한 대학의 교과과정과 학업 과정이 외국대학이 인정할 수 있을 만큼 체계화되어 있는지 여부와 글로벌 인재를 양성할 수 있는 학제와 분위기 등도 고려되어야 한다. 아울러 대학 당국의 국제화를 위한 투자 및 지원, 행정 체계, 개방적인 문화형성에 기울이는 노력 등의 평가도 절실히 요구된다.

이러한 관점에서 볼 때 대학 국제화는 대학들이 전술된 양적·질적 국제화 수준을 토대로 얼마나 글로벌 경쟁력이 있는 교육을 시킬 수 있는 틀을 갖추고 있는가의 의미로 해석해 볼 수 있다. 왜냐하면 우리나라 대학교육의 미래는 국제적인 신뢰도를 높일 수 있는 양질의 교육서비스를 제공하는 데 있기 때문이다.

따라서 이 글에서는 우리나라 대학의 국제화 수준 정도를 평가할 수 있는 현황 분석과 함께 대학의 국제화 추진에 따른 문제점은 무엇이며, 이러한 문제점을 해결하기 위한 대학 국제화의 지향점과 지원 방향에 대해 논하고자 한다.

한국 대학의 국제화 현황

한국 대학들은 국제화의 중요성에 대해 눈뜨기 시작한 1980년대 중반부터 미국, 독일, 프랑스, 일본 등 선진국의 대학들과 활발한 교류협정을 체결해 왔다. 그러나 양방향의 균형적인 학생 파견이 어려웠기 때문에 일방적으로 한국 학생을 외국의 협정체결대학의 교환학생으로 보내는 것이 국제화 및 국제교류의 핵심이었다고 할 수 있다. 그러나 1990년대 초를 기점으로 한국의 경제 규모가 커지면서 선진국 대학들은 교환학생 수의 불일치에 따른 문제해결을 요구하게 되었고, 이는 현재까지 각 대학이 국제화를 추진하는 데 있어서 한 가지 애로사항이 되고 있다.

한편 대학 지원자의 절대수가 감소하기 시작한 2000년도부터 국내 대학들은 지원율이 낮은 대학을 중심으로 안정된 재정 수입의 확보와 우수한 중국 유학생의 유치를 위해 많은 노력을 기울여왔다. 이에 따라 아웃바운드 유학생 중심에서 인바운드 유학생 유치에 대한 다양한 대학별 전략이 수립되어 왔다. 특히 안정적인 우수 유학생의 확보를 위해 협정 체결 당사자 간에 복수학위 또는 공동학위를 제공하는 트위닝 프로그램(twinning program)에 대한 관심이 증폭되기 시작하였다. 그러나 트위닝 프로그램이 활성화되기 위해서는, 교육과정에 대한 공동의 신뢰 구축, 등록금 격차 문제 해결, 그리고 한국에 대한 관심 유도 등 다양한 문제가 해결되어야 한다.

외국 대학과의 교류협정 건수를 보면, 2004년도 기준으로 한국의 271개 대학이 5,743개의 외국 대학과 협정을 체결하고 있다. 이것은 대학당 평균 21.2개의 대학과 협정을 체결하고 있는 수준이다. 그리고 2003년도에 교환학생으로 외국에서 공부한 학생의 수가 12,897명에 이르고 있으며 이것은 전체 4년제 대학 등록생 수인 2,049,019명의 0.63% 수준이다.

2004년도 한국 유학생의 해외 국가별 분포를 보면 미국(30.0%), 중국(12.6%), 호주(9.5%), 캐나다(7.1%), 뉴질랜드(7.1%) 등으로 중국을 제외하고 선진국에 집중되고 있음을 알 수 있다. 이것은 교환학생을 포함한 유학의 대상국이 제약적이며 쌍방 간 호혜적인 학생교환이 용이하지 않다는 것을 보여준다.

이상의 교류현황에서 알 수 있듯이 한국 유학생의 선호 지역은 북미, 오세아니아, 일본, 중국 등으로 한정되어 있고, 외국인 한국 유학생은 주로 아시아 지역에서 발생되고 있다. 따라서 상호 호혜적인 교류협력의 장이 만들어지고 활성화되기 위해서는 문화 친화적이며 개방적인 대학 차원의 국제화 전략이 요구된다.

특히 인바운드와 아웃바운드 학생의 비율이 1:11.2에 이른다는 것은 아직까지 우리나라 대학이 외국 유학생들에게 다양한 학문 분야에 대한 연구 및 교육기회를 제공하지 못하는 것으로 해석될 수 있다. 따라서 한국어의 체계적인 학습 기회 제공, 영어 강의의 확대, 특성화된 트위닝 프로그램의 확대, 출입국 관리의 규제 완화 등 대학이 개방적인 환경하에서 국제경쟁력을 제고할 수 있도록 다양한 전략이 마련되어야 한다.

국제화에 따른 문제점

현재까지 한국 대학들이 외국 대학들과의 교류 협력 관계를 추진해 오면서 나타났던 문제점들을 살펴보면 다음의 여섯 가지로 요약된다.

첫째, 형식적인 교류 협정과 교류 대학의 수에만 집착하는 경우가 많다는 것을 지적할 수 있다. 앞에서 얘기한 바와 같이 한국 대학들의 평균 협정체결대학 수가 21.2개에 달하고 있지만 실질적으로 학생 교류 및 교수 교류, 현지 학기제, 공동 연구, 공동 및 복수 학위 등의 장기적인 교류활동이 진행되고 있는 대학은 소수이며, 단기연수 등 대학 국제화에 크게 도움을 주지 못하는 형태로 진행된 것이 대부분이다. 교환학생 참여 비율이 전체 대학 등록생의 0.63%로 1%에도 미치지 못하는 것도 아직까지 학생교류가 미비하다는 것을 보여주고 있다. 즉, 대부분의 협정서가 잠자고 있다는 것을 의미하는 것으로 양적인 확대가 반드시 대학 국제화의 활성화를 의미하지는 않는다고 볼 수 있다.

두 번째로 교환학생 수의 불일치 문제를 지적할 수 있다. 협정체결대학 간 상호 호혜적인 교류관계가 정착되기 위해서는 각 지역 및 대학 쌍방 간 학생들 유치가 가능해야 한다. 현재 많은 외국 대학들이 한국어와 한국학(Korean Studies)에 관심을 가지고 있기는 하지만 국내 대학의 학생들이 선진 외국 대학에 가지고 있는 관심을 따라가지는 못하고 있다.

따라서 적정한 교류관계를 유지하기 위해서는 교환학생 불일치를 해소할 수 있는 방안이 제시되어야 한다. 예를 들면, 하계방학 중 개설되는 한국어 또는 한국 문화 체험 캠프, 한국학 하계대학 등의 개설을 통해 불일치 문제를 해결할 수 있다. 또한 단기연수나 현지 학기제 등을 통하여 일정 수의 교환학생 수를 확보함으로써 불일치를 해결할 수 있다.

세 번째로 특정지역 집중화 문제를 제기할 수 있다. 한국인 유학생들이 선호하는 대학이 특정지역에 집중됨에 따라 국제 교류확대의 폭이 줄어들 수 있다. 이러한 문제를 해결하기 위해 여러 지역에 설치되어 영어로 강의가 진행되는 국제대학(International School)을 활용할 수 있다. 특히 최근에 유럽지역의 변화 추세는 미국식 학위를 받을 수 있도록 영어 강의과목을 개설하는 대학이 많기 때문에 북미지역에 집중된 관심을 유럽으로 돌리는 대안이 될 수 있다. 아울러 최근에는 북유럽 및 동유럽 학생들의 한국에 대한 관심이 증폭되고 있기 때문에 이들 지역 대학들과의 교류확대를 통해 국제교류의 다변화를 추진할 수 있다.

네 번째로 외국인 유학생을 위한 영어 강의과목 운영의 문제점을 들 수 있다. 우리나라의 100개 대학에서만 중국 유학생을 제외한 외국인 유학생들이 등록하고 있다고 가정하면, 평균적으로 70~80여 명의 외국인 유학생들이 각 대학에서 수학 중이라고 볼 수 있다. 통상적으로 중국 유학생들의 경우 한국어 교육기간이 끝나면 학부학생으로 정식 입학하여 다양한 전공을 한국 학생과 같이 수강하기 때문에 외국인을 위한 교과목을 별도로 개설할 필요가 없다.

그러나 교환학생들의 경우 그들을 위하여 영어 강의과목을 개설하고 있지만, 소수의 교환학생들을 위해 다수의 과목을 개설할 수 있는 여지는 매우 적다. 따라서 외국인 교환학생의 경우 한국에 체류하는 동안 한국어, 한국 문화, 한국 사회, 한국 경제 등 교양강좌 중심의 수업을 들을 수밖에 없기 때문에 전공 강의를 수강하는 데에는 한계가 있다.

다섯 번째로 외국 대학에 상응하는 교육과정의 체계성 및 일치성의 부재를 들 수 있다. 21세기 글로벌 환경 및 지식정보 사회에 적응할 수 있는 국제적인 인재를 양성하기 위해서는 교육의 국제적 표준을 갖추기 위한 혁신이 필요하다. 유럽의 각국들도 전통적인 학제를 개선하여 유럽 대학의 글로벌 경쟁력 향상과 교육의 질을 제고하고 있다. 교육제도를 개혁하고 대학 간 교류의 각종 장애물을 제거하기로 합의한 '볼로냐 선언' 이후 국경 없는 대학교육을 추진하고 있다. 그 일환으로 학점 평준화를 위해 '유럽 신용평점 시스템'을 도입하기로 했고 각국 대학의 학위를 공동으로 인정할 예정이다.

현재 한국 대학들도 외국 대학들과 복수학위(dual degree)와 공동학위(joint degree) 등 트위닝 프로그램을 적극 추진하고 있으며, 교육인적자원부도 이를 손쉽게 추진할 수 있도록 각종 제도를 보완하고 있다. 그러나 복수 및 공동학위의 경우 상대 대학들이 일부 선진국에 집중되고 있기 때문에 등록금 격차 문제, 공용언어 문제, 학위인증을 위한 교육과정 운영 문제 등이 해결해야 할 과제로 남아 있다.

여섯 번째로 제기할 수 있는 것이 한국어 교육 문제이다. 교환학생이나 정규 학부과정에 진학한 외국인들에게 가장 중요한 것이 한국어 교육이라 할 수 있다. 그러나 대부분의 교환학생이 그들의 체류 기간 동안 주로 영어 강좌를 수강하기 때문에 한국어능력을 향상시킬 수 있는 기회가 매우 적다. 특히 학부에 입학한 학생들의 경우 졸업 후 한국어에 능통한 것이 하나의 경쟁력이 될 수 있음에도 불구하고 전공 강의에만 초점을 맞추어 교육하는 경우가 대부분이다. 따라서 단기간 체류하는 학생과 학부의 전 과정을 이수하는 학생들을 구분하여 체계적이며 지속적인 한국어 교육이 될 수 있는 시스템을 갖추는 것이 요구된다.

대학 국제화의 지향점과 지원 방향

교육부는 글로벌 지식산업 사회에서 국제화된 고급 인적자원의 육성을 위하여 인적자원개발의 핵심인 대학교육의 틀 자체를 국제화하고 다양화하기 위한 국제화 정책을 수립하였다. 덧붙여 말하면 궁극적으로 대학의 국제경쟁력 강화와 대학교육의 질적 제고를 달성하기 위해 몇 가지 기본방향하에서 국제화 정책을 추진하고 있다.

첫째, 외국 대학과의 교환학생 프로그램 활성화이다. 대학교육의 경쟁력은 국제사회와의 상호작용 정도에 따라 결정된다고 할 수 있기 때문에 해외에서 다양한 학문과 문화적 체험을 통해 학생들이 글로벌 시각을 가질 수 있도록 교육하는 것이 요구된다.

둘째로 우수 외국 교수를 초빙하여 선진 학문을 배울 수 있게 함으로써 교육의 질적 향상을 추진한다. 이를 위해 교육부는 2004년 11억 8천 만원을 조성하여 56명의 우수한 외국인 교수를 국내 대학으로 초청하였다.

셋째로 경쟁력 있는 교육 분야의 콘텐츠를 외국 대학에 제공함으로써 지식의 공유와 한국의 이미지를 제고할 수 있도록 추진 중이다. 특히 한국학 및 경쟁력 있는 학문 분야를 아시아 지역으로 확산시킬 수 있도록 노력을 기울이고 있다.

넷째로 'Study Korea Project'를 통해 2010년까지 외국인 유학생을 50,000명을 국내로 유치할 계획을 수립하고 있다. 또한 유학 박람회와 온라인 시스템을 통해 한국을 홍보하고 한국어 교육 확대와 영어 및 외국어로 강의가 진행되는 교과목 확대를 계획 중에 있다.

다섯째로 국내 대학과 외국 대학 간에 공동학위 또는 복수학위를 활성화할 수 있도록 제도적 개선과 지원을 통하여 국내 대학들이 국제화된 교육과정을 확립할 수 있도록 추진하고 있다.

이상과 같은 교육부의 대학 국제화 추진 방향은 기본적으로 학생 교류를 진작하고 외국의 우수한 교수를 초빙하여 교육의 질을 높이는 것과, 외국 대학들과 공동학위 및 복수학위의 개설을 통해 교육의 국제표준화를 추구하는 것으로 요약될 수 있다.

위에서 언급된 교육부의 추진 방향은 국내 대학들이 국제화를 체계적으로 추진할 수 있도록 큰 틀을 제공하고 있다. 그러나 위의 국제화 추진 방향에서 간과되었거나 보완이 필요한 부분이 무엇인지에 대해 논의해 볼 필요가 있다. 우선, 현재 어문학 및 국제학 분야에만 외국인 전임교수의 채용이 허용되고 있는 것을 전 분야로 확대할 필요가 있다. 학문적으로 또는 전략적으로 외국인 교수가 강의하는 것이 유리한 전공과목에 대해 대학이 자율적으로 외국인 전임교수를 채용할 수 있도록 교수채용의 문호를 개방하여야 한다. 이를 통해 국제적으로 인정되고 표준화된 교과과정의 구축을 앞당길 수 있다.

이와 병행하여 한국어와 한국학의 확산을 위한 시스템을 구축할 필요가 있다. 글로벌 사회에서 외국의 문화와 언어에 정통한 국제전문인을 양성하는 것은 무엇보다 필요한 부분이지만 이는 한국어 및 한국학에 대한 수월성이 뒷받침될 때 더욱 빛을 발할 수 있다. 그리고 한국에 유학 오는 외국 학생들이 체계적으로 한국어를 배우게 됨으로써 한국어 확산과 한국어 세계화의 기틀을 마련할 수 있다. 이를 위해 외국인에 대해 체계적인 한국어 교육 시스템을 구축하고 있으며, 우리 문화의 가치와 우수성을 알릴 수 있는 한국학 기틀이 갖추어진 대학의 육성이 필요하다.

한편 대학 국제화의 촉진을 위해 대학 내 모든 강좌를 영어로 개설하는 국제대학의 설립 가능성을 검토하여야 한다. 유럽지역이나 일본의 경우 모든 강의가 영어로 이루어지는 국제대학들이 여러 곳에 설립되어 있기 때문에 그러한 모델을 연구해 볼 가치가 있다.

또한 대학 국제화의 촉진을 위해 공동학위나 복수학위에 대한 구분을 없애야 한다. 외국 대학과 합의된 교육과정 속에서 교육부의 기본적인 학위취득 요건과 공동과정 운영 요건만 갖추면 대학이 자율적으로 학위의 명칭을 선택·부여할 수 있도록 관련법이 개정될 필요가 있다. 공동학위와 복수학위의 가장 큰 차이점은 공동학위를 제공하는 대학에게 일정 부분 책임을 지우도록 하는 것이다. 예를 들면 공동학위 참여 대학의 교수가 국내에서 일정 기간 강의하는 것과 학생들이 외국에서 일정 기간 강의를 듣는 것에는 큰 차이가 없지만, 전자의 경우는 공동학위가 가능하고 후자의 경우는 복수학위만 가능한 것으로 정리할 수 있다. 몇 몇 소수의 국내 대학을 제외 하고는 오히려 공동학위 참여 대학의 졸업생이 복수학위를 더 선호할 수도 있고, 복수학위에 참여하는 외국 대학도 교육과정의 조정을 위해 여러 가지 국제적으로 표준화된 정보를 제공하기 때문에 일정 부분 그 기여도가 인정될 수 있다. 따라서 복수학위 또는 공동학위의 부여는 학교의 전략적 선택에 따라 결정할 수 있도록 자율에 맡기는 것이 바람직하다.

마지막으로, 국내의 많은 대학들은 줄어드는 입학 인원의 부족을 보완하고 대학의 재정 확보를 목적으로 중국을 중심으로 아시아 각 지역으로부터 많은 유학생을 유치하고 있다. 이러한 유학생 유치 목적 때문에 학부 입학 시 수강에 필수적인 한국어 능력에 대한 평가가 간과 될 수 있다. 이를 방지하기 위해 유학생들의 한국어교육 시스템이 체계화할 될 수 있도록 적극 지원하여야 한다.

맺음말

대학 국제화는 WTO 체제하에서 합의된 고등교육시장 개방에 능동적으로 대처하고, 국내 대학 교육의 틀이 글로벌 경쟁력을 갖추기 위해 요구되는 절대적인 과제라 할 수 있다. 왜냐하면 우리나라 대학교육의 미래는 국제적인 신뢰도를 높일 수 있는 양질의 교육 서비스 제공 여부에 달려있기 때문이다.

현재 국내 대학들의 국제화 수준을 보면 일방적으로 유학을 보내던 수준에서 'Study Korea Project' 등을 통해 유학생을 공격적으로 유치하며 교류를 촉진시키는 국제화의 중기 단계에 접어들었다고 할 수 있다. 한편 대학 국제화 부문의 국제경쟁력은 그 평가가 용이하지 않다. 국제적으로 인정받을 수 있는 교육과정의 구축과 개방화된 교육환경의 조성을 위해 추진되고 있는 우수 외국 교수의 초빙, 공동연구 환경 조성, 공동학위 또는 복수학위제의 도입 등은 국내 대학의 국제화와 그에 따른 경쟁력을 제고할 것으로 예상된다.

최근 교육부가 추진 중인 대학 국제화의 방향은 여러 가지 측면에서 국내 대학들에게 많은 도전을 주는 정책이라 할 수 있다. 이러한 정책이 국내 대학들에게 보다 실효성 있고 유연하게 적용되기 위해서는 몇 가지 점에서 보완이 요구된다.

이를 요약하면 자격을 갖춘 외국인이 전공과정 전임교수에 채용될 수 있는 환경의 조성·확대가 요구되며, 이와 병행하여 공동학위 또는 복수학위의 운영을 통합하여 대학이 전략적으로 학위 종류를 선택할 수 있도록 자율성이 부여되어야 한다. 또한 대학 국제화의 촉진을 위해 모든 강좌를 영어로 개설하는 국제대학의 설립 가능성이 검토되어야 한다. 마지막으로 중국을 포함한 아시아권 유학생들의 한국어교육 시스템을 체계화할 수 있도록 적극 지원하여, 한국어 세계화 전략이 빛을 발하도록 지원하여야한다.

대학교육, 2005. 7. 8

13
평생교육의 발전과정과 4차 산업혁명시대
지역대학의 평생교육 방향

근대화시기 지역대학에서 시민교육의 장을 열어

1970년대 도시 공업화가 진행되면서 낙후된 농촌근대화 운동의 일환으로 새마을운동이 추진되었다. 경제근대화를 위한 지역개발과 직업기술 교육의 중요성이 강조되었던 시기에 선진의식 제고를 위한 시민교육의 필요성은 간과되었다. 지역사회 발전을 견인하기 위해서는 평생교육의 일환으로 시민교육이 필요하다는 것을 인지하고 1970년 대구시와 협력하여 계명대학교에 시민교육위원회가 설치되었다. 이를 계기로 1971년 1월 계명대학교 사회교육원에서 시민교육사업의 하나로 제1기 '주부·시민대학'과 미혼 여성들의 교양과 자질을 높이기 위한 '신부대학' 강좌를 개설하였다. 이것이 평생교육에 대한 개념이 전무했던 시기에 대학 평생교육의 효시가 되었다(방희봉, 충청일보, 2018).

그 후 점점 증가하는 시민교육 요구에 따라 경북지역 주부대학을 시작으로 시·군 여성대학이 설립되었고, 1974년 3월에는 지도자 양성을 위한 프로그램인 '지도력 개발 사업'을 시작하였다. 이는 지역사회를 이끌어 갈 잠재적 지도자를 발굴하고 육성하는 사업으로 단기 과정으로 운영되었다. 이 프로그램은 주어진 주제에 대한 강의와 토론, 종합발표, 레크리에이션 등을 통해 융합과 참여의식을 제고하였다. 1975년도에는 해당지역 학교의 장을 중심으로 교사, 학부형, 지역 주민 등으로 구성된 지역별 취미클럽인 시민클럽활동을 전개하였다. 시민클럽은 매월 1회 이상 시민사회 발전을 위한 강연회, 봉사활동, 정보교류 활동 등을 추진하였다. 이를 통해 지역주민 상호간의 협동의식을 고취하는 것은 물론, 지역사회의 건전한 발전을 도모하였다(계명대학교 120년사).

1976년 '(현)한국평생교육총연합회'의 전신인 '한국사회교육협의회'가 발족되었고, 신태식 초대 회장(계명대)과 김종서 부회장(서울대)을 선임하여 지역사회를 위한 평생교육의 확산 노력을 본격화하기 시작하였다. 초기에는 종교단체, 사회단체, 학계인사들이 중심이 되어 여성, 소외계층, 학교 밖 청소년을 위한 교육프로그램을 보급하는 등 선구적인 역할을 수행하였다. 협의회의 설립으로 평생교육에 대한 개념이 없던 한국사회에 평생교육의 중요성에 대한 인식 제고와 지역민과 소외계층을 위한 시민교육이 확산되었다. '한국사회교육협의회'는 2002년 11월 '한국평생교육연합회'로, 2004년 1월 '한국평생교육 총연합회'로 개칭되어 지금까지 활동하고 있다(이창기, 정치닷컴, 2019).

1980년 초에는 대학이 보유한 문화·예술 역량과 지식을 지역사회와 공유하기 위해 문학, 철학, 어학, 예술분야 등에 대한 공개강좌를 개설하여 열린 대학으로 지역민들에게 자기계발 기회를 제공하였다. 소수의 선별된 자만 대학교육을 받던 시기에 대학에서 지역민에게 평생교육의 일환으로 시민교육을 넘어 교양교육을 제공한 것은 지역대학의 사회적 책무를 실천하는 것으로, 소수의 뜻있는 대학을 중심으로 추진되었다.

산업화시기 인력수요에 맞춘 독학사 학위과정 운영과 교양 교육 기회 확대

1980년대에 산업화가 빠르게 추진되면서 중등교육의 보편화와 대중화가 이루어졌고 급속한 경제성장으로 다양한 사회집단을 위한 다원적 평생교육이 요구되었다. 아울러 산업화 인력의 교육에 대한 열정이 새로운 평생교육체제 구축의 필요성을 제기하였다. 이에 따라 정부는 1982년 사회교육법을 제정하였고, 사회교육 확산을 위해 개방대학의 전공영역 확대, 독학사제도 실시, 평생교육원과 문화센터 운영 등 직업교육, 교양교육, 시민교육을 위한 다양한 평생교육 기회를 제공할 수 있는 체계를 갖추었다. 이 시기 대학내사회교육원의 설치가 일반화 되었고 1980년대 말까지 17개 대학사회교육원이 설립되었다. 대학사회교육원은 기초교양교육 단계를 넘어선 전문화, 세분화되는 교양교육과정을 성인학습자들에게 제공하였다. '열린학습사회 구축을 위한 평생학습의 실현 방안'이라는 교육개혁안이 1995년 제시됨에 따라 1997년도에 대학사회교육원 수가 131개로 급증하였다. 열린학습사회의 구체적 실현방안으로 독학사를 위한 학점취득제, 시간제등록제 등이 제시되었고, 대학에서 평생교육으로 학위취득이 가능해 짐에 따라 대학평생교육기관의 위상이 제고되었다. 독학사제도로 적령기에 고등교육 기회를 갖지 못한 직장인이나 대학을 중도에 포기한 사람들이 틈틈이 학점을 취득하고, 누적된 학점을 가지고 대학졸업 학력인증을 받게 되었다.

지식기반사회에 학점은행제 학위취득 과정과 다양한 비학위 과정 운영을 통한 전문가 육성

1999년 사회교육법이 평생교육법으로 대체되면서 누구나 언제 어디서나 원하는 학습을 받을 수 있는 열린사회와 평생학습사회를 지향하는 현재의 평생학습체계가 구축되었다. 이를 실현하기 위한 방안으로 대학평생교육기관을 중심으로 학점은행제, 시간제 등록제, 원격고등교육제도 등이 도입되어 성인학습자들의 학위취득 교육과정을 대학평생교육기관이 주도하여 왔다.

이러한 정책들은 평생교육을 대학의 틀 안에서 수행하는 것으로 소수의 엘리트 양성을 목적으로 하는 대학에서 별도로 모집한 비정규학생을 대상으로 학점인정 교육을 제공한다는 인식에서 교육의 질이 보장되기 어려운 환경에서 추진되었다. 이와 함께 2008년부터 '대학중심의 평생학습 활성화 지원 사업'을 추진하여 대학평생교육기관의 비학위과정 교육프로그램 운영을 지원하였다. 이를 통해 성인 학습자에 대한 대학의 개방성을 높이고 학위과정과 비학위과정 등 다양한 형태의 교육과정을 제공함으로서 대학이 학령기 학생만이 아닌 성인 학습자 중심의 평생교육체제로 전환하는 계기를 마련하였다. 아울러 대학평생교육기관을 중심으로 지식기반사회에서 요구되는 국가공인 및 민간자격증 취득을 위한 교육기회가 확대되었다.

그러나 대학의 평생교육이 수익성 있는 비학위과정의 교육프로그램 제공에 치중됨에 따라 원하는 시기에 원하는 교육 기회의 제공이라는 평생학습사회에 적합하지 않은 구조적 문제점이 발생하였다. 대학평생교육기관에서 제공하고 있는 비학위과정의 교양, 인문, 문화예술분야 교육프로그램들이 평생교육법에 따라 인가·설립된 지역평생학습기관에서도 제공되고 있어 차별화가 부족할 뿐만 아니라 학습자 유치를 위한 과당 경쟁이 발생하는 문제점이 나타났다. 특히 달서구를 포함한 167개의 기초 자치단체가 사업에 참여하고 있는 교육부의 '평생학습도시 조성사업'을 통해 제공되고 있는 프로그램의 상당수가 대학평생교육기관에 제공하는 인문교양, 문화예술 교육 프로그램과 중복되고 있다.

대구의 경우, 2019년 평생교육기관에서 제공하고 있는 전체 프로그램 수는 2,970개이며, 이 가운데 1개월 이상 지속되는 프로그램 수는 808개로 전체 27.2%에 불과하다. 이들 808개 프로그램 가운데 인문교양이 631개로 78.1%를 점유하고 있고, 문화예술이 117개로 14.5%를 점유하고 있어 인문예술분야가 전체의 92.6%를 차지하고 있다. 대학평생교육기관을 중심으로 제공되는 비학위과정 프로그램이 대학의 선호성과 개방성에 의존하여 평생학습관이나 타 평생교육기관에서 제공되는 프로그램과 차별화를 이루지 못하였다. 따라서 학위취득 학점은행제, 인문예술교육, 자격증을 포함한 직업교육을 위한 기관별 계층적 역할분담 구조를 구축하여 평생교육을 체계화, 범주화, 전문화하는 것이 요구된다.

제4차 산업혁명시대 대학평생교육기관 역할은 고령화, 디지털화, 창업화 사회에 부응하는 네트워크형 학습체계 구축

미래학자 엘빈 토플러는 4차 산업혁명 시대의 교육에 대해 '상자 밖에서 생각하라'는 말로 미래 교육의 방향을 제시하였다. 이 말은 정해진 제도권 교육의 틀에서 벗어나 지금까지와 전혀 다른 방법으로 생각하는 창조적 교육이 필요하다는 것을 의미한다. 아울러 4차 산업혁명의 산실인 다보스포럼에서 신기술이 산업에 적용됨에 따라 인간의 일과 삶에 무한변화가 일어날 것으로 예상하고, 이러한 변화에 대응하는 방안으로 '평생교육'을 강조하고 있어 평생교육체계의 획기적인 변화가 요구된다. 부언하면 지식기반사회에서 디지털기술 기반사회로 전환됨에 따라 4차 산업혁명기술인 인공지능(AI), 사물인터넷(IoT), 빅데이터(Big Data), 블록체인(Block Chain) 등이 인간의 삶과 일에 변화를 촉진할 것인 바, 이에 대응하는 지식, 인성, 기술 교육이 필요하다. 대학평생교육기관에서 제공하는 교육을 통해 삶의 질과 전문성이 향상되고, 신기술 분야의 교육을 통해 창업사회를 열어갈 수 있는 방향으로 평생교육체제가 혁신되어야 한다.

교육부는 '제4차 평생교육진흥기본계획(2018~2022)'에서 4차 산업혁명시대 감응형 평생교육정책 네 가지를 발표했다. 첫 번째는 학습과 일을 병행할 수 있는 선순환적 생태계 조성과 성인학습자 및 재직자들의 자발적 학습력 진작을 위한 전 생애주기 평생교육체제 구축하는 것이다. 두 번째는 초연결, 초융합, 초지능화를 위한 온라인 평생교육 생태계 조성이다. 세 번째는 산업 맞춤형 평생교육 활성화를 위해 산업맞춤형 직무능력 제고를 위한(Match 業) 교육프로그램을 운영하는 것이다. 네 번째는 성인학습자의 적합 직무, 4차 산업혁명 유망직종 분야에 성인친화적 학사 제도를 대학평생교육기관에서 선제적으로 도입하여 교육 기회를 확대하는 것과, 특정분야와 연계하여 일정 과목을 이수하는 경우 '(가칭)학점당학위제(마이크로디그리)'등을 활용하여 학위를 주는 제도를 도입하는 것을 들었다.

현재 지역에 있는 다양한 평생교육기관들이 4차 산업혁명시대에 맞는 체계적이며 창의적인 융복학습기회를 제공하기 위해서는 학문 역량이 집적화되어 있는 대학평생교육기관과 타 평생교육기관과의 역할 분담과 유기적인 협력 체계를 구축되는 것이 필요하다. 대학평생교육기관의 지향점은 첫 번째로 지역민이 각자의 경험과 지식을 바탕으로 그들의 능력과 잠재력을 최대한 이끌어낼 수 있으며 창의적 역량을 극대화할 수 있는 교육프로그램을 제공하는 것이어야 한다. 두 번째로 서로의 경험을 나누며, 가르치며 개개인의 역량과 능력을 키울 수 있도록 시간과 공간을 초월하는 메타버스형 학습공동체를 구축하는 것이 필요하다. 대학평생교육기관은 지역의 다양한 평생교육기관에서 제공되는 프로그램을 기반으로, 자기 설계형 교육과정을 제공하는 등 평생교육을 고도화시킬 수 있도록 역할분담이 이루어져야 한다. 세 번째로 특정분야의 전문성을 가지는 마이크로 디그리(Micro Degree)를 제공할 수 있도록 대학, 지자체, 평생교육 기관 등이 네트워크형 학습체계를 구축하여 성인학습자와 재직자들이 4차 산업혁명시대가 요구하는 디지털 융·복합 전문인력으로 거듭날 수 있도록 교육하여야 한다.

제4차 산업혁명시의 대학평생교육기관은 디지털 신기술 창출 직업에 부응한 네트워크 학습 기반의 융합교육플랫폼 제공, 개인 삶의 성취를 돕는 자기 설계형 문화예술 전문교육프로그램 제공, 자신의 경험과 역량에 기반을 둔 창업을 지원하는 창업교육기회 제공, 지역공동체로 애향심과 공동체 정신을 발현할 수 있는 특화프로그램을 제공하는 것이 요구된다. 지역대학은 대학이 속해 있는 지역사회와 협력하여 공동의 목표를 추구할 때 생존·번영할 수 있다는 생각으로 대학평생교육기관의 역할을 재정립해야 한다.

달서구 희망나무, 2022. 1

저자 하 영 석

1957년 경남 의령 출생. 한국해양대학교(항해학 전공)를 졸업 후 초대형 유조선의 항해사로 4년간 승선함(갑종 1등 항해사).

미국 뉴욕주립해양대학교에서 운송학 석사를, 뉴욕시립대학교 대학원 본부에서 경제학 석사와 박사학위를 받은 뒤 한국해운산업연구원(현 한국해양수산개발원) 동향분석실 주임연구원으로 근무하였음. 1993년부터 계명대학교 경제통상학부 교수로 재직하면서 사회과학대학장, 기획정보처장, 부총장을 역임하였고 현재 명예교수임.

외교통상부 한미FTA 민간자문위원, 국무총리실 국책연구 기관과제평가위원, 대구시 물류정책심의위원, 동남권신공항 추진위원, 경상북도 미래전략위원, 한국자산관리공사(KAMCO) 선박인수심의위원과 등과 한국해운물류학회 회장, 일본해운경제학회 편집위원, AJSL 편집위원, 한국무역학회 부회장 등을 역임하였음.

현재 해양수산부 정책자문위원, 한국해운항만학술단체협의회 회장, 한국해운물류학회 고문, 동산장학재단 이사로 활동하고 있음.

저서로는 『국제물류』 개정4판」 (2015), 『전시기획과 섬유·패션 통상』 (2009, 공저), *New Era in Far East Russia & Asia*(2006, 공저) 등과 60여 편의 논문과 50여 편의 기고문이 있고 25회 방송출연함.

통상을 생각하며 해운을 말한다

2024년 2월 7일 초판 인쇄
2024년 2월 20일 초판 발행

지은이 하영석
펴낸이 한신규
디자인 노은경
펴낸곳 문현 *MUN HYUN*
주소 서울특별시 송파구 동남로 11길 19(가락동)
전화 02-443-0211, FAX 02-443-0212
E-mail mun2009@naver.com
출판등록 2009년 2월 23일(제2009 - 14호)

출력 GS테크 **인쇄·후가공** 수이북스 **제본** 보경문화사 **용지** 종이나무
ⓒ하영석, 2024
ⓒ문현출판, 2024. printed in Korea

ISBN 979-11-87505-34-1 03810 **정가** 25,000원